杏林两亲家

顾亚华　著

线装書局

图书在版编目（CIP）数据

杏林两亲家/顾亚华著.--北京：线装书局，
2023.3
　ISBN 978-7-5120-5390-8

　Ⅰ.①杏… Ⅱ.①顾… Ⅲ.①剧本－中国－当代
Ⅳ.①I230

中国国家版本馆 CIP 数据核字 (2023) 第 039493 号

杏林两亲家

XINGLIN LIANG QINGJIA

作　　者：顾亚华
责任编辑：程俊蓉
出版发行：线装書局
　　　　　地　址：北京市丰台区方庄日月天地大厦 B 座 17
　　　　　层（100078）
　　　　　电　话：010-58077126（发行部）010-58076938
　　　　　（总编室）
　　　　　网　址：www.zgxzsj.com
经　　销：新华书店
印　　制：涿州军迪印刷有限公司
开　　本：710mm×1000mm　1/32
印　　张：5.75
字　　数：138 千字
版　　次：2023 年 3 月第 1 版第 1 次印刷
定　　价：59.80 元

线装书局官方微信

《杏林两亲家》序

文/杨扬

　　记得三年前的 9 月上旬，我受"文汇出版社"的邀请，参加浦东剧作家顾亚华先生刚出版的大型原创沪剧文学本《荒岛夫妻哨》的"作品研讨会"。这一天，我认识了他，也才知道他竟是一位谦卑厚道、60 年奋发践志并自学成材的农民作家，心中顿生无比钦佩。这一天，他刚过 80 寿辰才半个多月。

　　据文汇出版社介绍，顾亚华先生是浦东目前唯一一位不断有新作品问世的大型剧目作家，也是上海至今还在躬身践行的唯一一位农民剧作家。1957 年冬，18 岁的他，在与村民们一起胜利完成开河工程回家后，萌生了要把人民公社兴修水利的火热景象搬上舞台的念头，便编写了第一篇独幕沪剧《红花遍地开》。这出描写开河工地展开挑土技术革新竞赛的小戏，由他家乡的业余沪剧团排演后，在参加南汇县第一次群众文艺汇演时，便获得了一等奖。由此，他被县文化局选拔至"南汇县群众文艺创作培训班"学习编剧。之后八年，他年年都有新剧目参加会演，并年年获得优秀奖励。此外，我还从他早几年出版的散文集《采菊东篱下》中看到，二十世纪六十年代初期，他曾在上海群众艺术馆，受到上海人民艺术剧院院长黄佐临导演面授编剧技巧的"小灶待遇"，这使他的戏剧创作取得了脱胎换骨般的长足进步。二十世纪八十年代，上海市文联副主席丰村，著名剧作家杜宣等曾亲自下横沔公社访问他，给了他亲切的赞许和诚恳的鼓励，使他在以后的创作中眼界渐次开阔，获得了质的飞跃。其作品也从写短剧转而向中型和大型剧目发展。

真所谓"同行话多"，那一次与他初识以后，尽管我们两者之间还有专业和业余之分，但凭借现代通信技术的先进之缘，相互之间的微信联系从未间断过。记得去年春天，他通过微信告诉我，想要写一台弘扬中医药优秀传统的大戏，并把预想的结构框架和剧情提纲发给了我。当我看完提纲中准备展现的主题立意、戏剧矛盾和人物主线时，马上觉得这题材不仅可取，还有些新颖和别致。可以这样说，直至今日，在众多的现代戏和影视剧中，以弘扬中医药优秀传统为主旨的现代剧目，可以说寥寥无几。

众所周知，随着现代西医渐次东进，中医药的发展似乎正日渐式微。然而，一场突如其来的疫情却提醒人们，我们中华民族有史以来几次抗疫的胜利，几乎都仰杖了中医药的合作和贡献。为此，我立刻回复他，主题立意很好，人物和情节虽是虚构，但时代感很强，显然是主旋律、正能量作品无疑，完全可以试试，只是为了防止现实中的对号入座，建议将"尚海市"改成"东海市"，以表示纯属虚构。之后我就收到了他的回复。"谢谢指导！"虽然简单，我却意会到了他的谦虚，他的慎重。

未曾想才过一年，一本十几万字的上下集沪语戏剧文学本《杏林两亲家》样书邮件，便出现在我的办公桌上，左上角标明是"第四稿"。哦，才一年多时间，对于构思和编写一台大型戏剧剧目，而且是上下集来说，别说是情节和纠葛，铺垫和高潮，抑或是作者对于中医药知识必要的全面进补，单就一千多句亦俗亦雅，适合各层次观众欣赏的唱词，其平仄和押韵，蕴酿和斟酌，不知要花费多少时间。即便是我们专业的戏剧工作者来说，也不是轻而易举的事，何况他已是83岁的耄耋老人。

我看到了他夹在剧本扉页中那张措词诚恳的便条，希望我能为他即将出版的《杏林两亲家》写篇序言。说实话，身为上海戏剧学院领导班子成员，时间对我来说的确非常宝贵。要从头至尾将这本"样书"通读一遍，的确有点难度。好在这次他别出心裁，专门在书的前面配置了"剧情预览"专页。我想这原本一定是为导引读者阅读全本，增加一些磁力，这会儿倒也为我了解他定稿后的全本提供了方便。在文艺创作中，戏剧剧本的创作表现手法独特，难度很大，它不同于小说那样可以纵横驰骋，而是将大千世界聚拢于方寸舞台。其叙事方式亦唱亦念、或诗或文，唯诗文诸艺全备者方可一试。此外戏剧文学本作品除了业内人员和业余戏剧爱好者，一般的读者大众入目容易，消化不易，很难获得从平面阅读中带来的愉悦。顾亚华先生能将一般剧作家采用的"剧情简介"改成"剧情预览"，这除了体现一种形式上的创新，而且，就此可以较为详细地介绍戏剧情节的曲折离奇，让读者得以先像读小说一样预知其小半尔后迫切想知大半或全本的欲望，极致通读全书。所以，这种创新，应该是很讨俏的。

作为序言，本应该对全书的精彩之处做一些摘录和点评，但有了这个预览，再絮絮叨叨说个没完，显然有悖常理，所以，我只评一句：作者能把发生在杏林苑两亲家几十年之间的故事，压缩在四个月内完成，却将一个伟大的时代风貌，在方寸舞台上演绎得淋漓尽致，多少带有当年曹禺笔下《雷雨》的写作风格，这不是作者和作品的成功之处又是什么呢？所以，我希望读者喜欢这本书，细细品味书中人物围绕不同医德医风的碰撞所发生的故事，以及直达灵魂深处的震撼。也希望专业和业余戏剧团体，以及各地文化服务中心能注意这本书，因为一旦得到你们的青睐，再加上你们的二度三度创作，把它立体化搬上舞台，那么，大概率是可以赢得广大观众喜欢的。

另外，我注意到《杏林两亲家》剧本，虽然采用的是沪语方言，但作者在编写人物说白和唱词时，尽量选用与普通话相同或相近的书面用语和音韵，这为以后兄弟剧种之间的移植和改编提供了一定的音韵基础条件。让我们一起来为进一步发扬中医药事业，以及中西医紧密合作的优秀传统，为加速中医中药的现代化发展，为广大人民群众的健康保障做出更大贡献。

——是为序。

2022 年 6 月 18 日

杏林两亲家

——剧情预览

上集

1. 杏苑新蕾（序曲）

东海市浦光中医医院综合科主任医师沈宗良，是位年轻好学，博览中医药古典的中医精英。沈家三代从医，祖父是曾经游医三省的郎中，他尝百草、治百病，留下不少医案散记，四十岁时，他单身前往浙南山区采集珍贵药材时，不幸坠落山崖身亡；父亲名叫沈之方，从小受到父亲中医药启蒙，16 岁时当上赤脚医生，后又被选拔至某卫生中专学校医士专业就读，毕业后分配到浦光乡村医院投师拜祖学中医，直至后来担任几经发展扩容了的浦光中医医院院长。2003 年，北京发生"非典"疫情，情急之中，他亲自带队援京抗疫。不料，在胜利回归的前夜抢救重症孕妇的手术中，不幸感染"破伤风"，几度抢救无效，终至英勇献身。生前，他曾以自己 30 年的亲诊经历，结合父亲当年留下的散记资料，写成了 500 页《百姓医经》手稿。

未料，这医经手稿随着他的离世一并消失了。

这一晃，17年过去了。2020年元月下旬，正是农历除夕，东海市浦光中医医院专属别墅小区"杏林苑"里的人们，正忙着过年。这天下午，沈宗良与谈了5年多时间恋爱的"浦光医院中成药研究所"博士研究员杨玉贞，终于修成正果，两个人便满怀喜悦地开着小车上民政局登记领证。回来时经过一家新开张的大商场，突然萌生赶热闹的念头，打算为母亲选购一盒克莉斯汀新款蛋糕。谁知刚进门便见一位老年男子手捂胸口，之后一个趔趄跌倒在走道里。宗良一见，急忙拨开众人，上前观察，并一面把脉，一面从西装内袋里拿出一年四季带在身边的听诊器诊断病情，确诊是突发心梗，便又从口袋里摸出"速效救心丸"嵌入他的舌底，然后亲自为他做起了人工呼吸。接着他让玉贞呼来了"120"，将病人护送到了急救医院。待一切都安排妥当时，时间已近傍晚。

这时候，宗良母亲王冬梅，正焦急地等着他们回家。眼看这"杏林苑"里其他人家都不是品着汤圆，就是吃着年夜饭，唯独不见宗良他们回家，不禁担心起来。也难怪，从丈夫魂断京城，17年来孤儿寡母相依为命，她爱宗良，远远胜过爱她自己。忽然，她听到了自己熟悉的小车喇叭声，知道宗良的车已进了小区，便赶忙上厨房准备去了。

　　杏林苑别墅小区，是当地政府在进入新世纪后为使浦光中医医院的数千职工居住无忧，专门拨款、规划辟建的医院专属高档次小区。小区内大中小型别墅配套有序，错落有致。区内道路两旁，分散种植万株杏树，这是为了纪念三国时期游医董奉首创"万株杏林"而命名的。也是为了让大家不忘"杏林"两字成为中医药界代称的历史典故，期望现代中医能很好继承"杏林春暖"的医德医风。

　　小两口终于回来了，一团喜气也同时扑进了家门。宗良和新媳妇一起瞻仰父亲的遗容，玉贞把第一杯红酒敬向公公，这一切让宗良母亲悲喜交集，难以抑制。就在一家三口有说有笑共品汤圆之时，宗良的手机响了，是医院钟士豪院长打来的，说是武汉突然发现不明肺炎疫情，且蔓延很快，情势危急，上级要求浦光中医医院立即组建医疗队，并于明日早上八点乘专机前往武汉救援。通知要求共产党员甘作表率，带头报名参加。于是宗良放下饭碗，安慰过母亲，又对玉贞表示，能不能今晚别回去了，等他开完会回来帮着整理行装，以便不耽误明天的援鄂行动？玉贞听罢腼腆地点了点头……

2.双喜临门

　　一场抗击不明肺炎病毒，抢救武汉重症患者的战斗，在武汉雷神山方舱医院展开。沈宗良带领的浦光援鄂医疗队全体医务人员，夜以继日地坚持战斗，克服了饥饿干渴，潮湿寒冷的艰难困苦，在以中西医紧密结合的治疗方法中，摸索对付不明病毒的最佳方案。一批由浦光医院自己的中成药研究所早先研制的抗病毒中药，显示了很好的疗效。同时，以杨玉贞博士担纲的抗病毒新药"金菊清瘟"喷剂，也经批准从实验室转向抗疫前线，谨慎地投入批量试验，取得了超越预期的成果。沈宗良和他的医疗队，被武汉市政府授于"抗疫先锋"和"模范医疗队"的光荣称号。为确保医疗队成员的身体健康，这天，浦光医疗队接到上级通知，命令他们换防撤回东海市。当医疗队全体人员乘坐的大巴，由宾馆开往飞机场时，对医疗队充满敬意的武汉人民夹道欢送，几十辆警车燕字形列队护送，场面十分壮观，让医疗队人员倍感温暖。

就在沈宗良团队回到东海市的这天早晨，杨玉贞约婆婆王冬梅在杏林苑"天使亭"见面，把这特大喜讯告诉了她。之所以约她在外面的"天使亭"见面，是遵守东海市防疫部门出台的"三件套"防疫要求。于是，就在这周围繁花似锦的"天使亭"中，玉贞把宗良他们马上要胜利返回的重大喜讯告诉冬梅时，这位两个月来忧心忡忡未睡过一夜好觉的母亲，不禁喜泪交织，连声叫好。之后，便在幸福的想像中，期待儿子他们乘坐的航班，在浦光机场平安降落。就在这时，她发现玉贞在假山石旁边呕吐起来，便急忙上前询问原因，杨玉贞便不好意思地说了实情，说是"试纸阳性"。这让王冬梅一开始有些发懵，转而很快反应过来说："啊呀，莫非观音娘娘送子来了？"便高兴得手舞足蹈起来，一个劲地说："好啊好啊，伲沈家时来运转，双喜临门了！"……

未曾想，和谐温婉的春风，把玉贞怀孕的信息吹进了假山背后另一个人的耳朵里。这另一个人，就是住在同一个小区的玉贞母亲金若萍。这会儿，她是在家里发现了玉贞匆忙中遗忘在妆台上的"尿检单"，便跟踪来到"天使亭"的。当冬梅被另一个防疫志愿者叫走后，她就从假山后走了出来。于是，母女之间的一场争执，便不可避免地展开了。原来，几年来，若萍一直不满玉贞与宗良的恋爱，除夕那天又私自拿走户口薄去民政局与宗良登记结婚，之后竟然又在宗良家住了下来，这对于她这位名医夫人来说，是绝对无法接受的。于是，母女俩已在家里吵过一场。这次吵架后，玉贞因忙于研制新药，中间再没进过家门。昨天晚上，总算回了家，于是若萍想再找她谈一次，却被她装聋作哑拒绝了。之后，听到她在与王冬梅通话，知道她们俩明天一早要在天使亭会面。今天早上，玉贞不声不响走后，她发现了玉贞遗忘在妆台上的"尿检单"，顿时大惊失色，便跟踪来到"天使亭"。想最后再劝她一次，让她终止怀孕。结果，自然又是免不了一场争吵。致使金若萍愤愤丢下"尿检单"走了，甩下一句话，"不撞南墙不回头"。就这样，两人又一次不欢而散。

若萍反对女儿与宗良成婚，除了嫌宗良是单亲家庭，门第不当之外，还有另外原因。原来三个月前，她的老闺蜜阿秀的儿子乔洋从国外回来，经阿秀从中撮合，乔洋表示有意与玉贞谈婚论嫁。于是，闺蜜兴冲冲带着儿子来见若萍。若萍听完他们娘俩一吹一唱地介绍，知道了她儿子原来已是一家跨国制药企业的亚太地区经理，月薪30万美金。加上见他一表人才，不由得怦然心动。觉得反正玉贞还在恋爱期，便打算劝说玉贞和他约会，却被玉贞一口拒绝。谁知这以后不明病毒暴发，玉贞因药物试验，两个月没回家。没想到现在玉贞竟未婚先孕，这等于让她的如意算盘彻底归零……

3. 不测风云

沈宗良带领援鄂团队载誉而归，本是件令人欣慰的事。眼看一家团圆为期不远，不料，由于他心系疫区民众生命的安全，急着要把自己在援鄂时精心记录的医治案例整理成册，尽快提供给东海市卫健委大数据中心，便不顾劳累，利用在宾馆隔离的有利时间和清静环境，没日没夜地整理汇编，终于力不从心突发心梗。那是隔离第十天的凌晨5点，经过通宵达旦的连续奋战，他终于完成预定计划。他感到前所未有过的兴奋，便关闭电脑，展开双手伸了个懒腰。就在此时，只觉得眼前一黑，便栽倒在自己卧室的办公桌边。

这时候，援鄂团队成员、护士田小婉，正好早起去室外锻炼身体，当她经过宗良卧室时，忽然听到里面木椅倒地的响声。于是她一边敲门，一边不停地呼叫"沈队长、沈主任"，谁知里面没有半点反应。一种职业修养，让她意识到情况不妙，便急忙飞奔至服务台，叫来服务员。当两人心急火燎地打开房门一看，只见沈宗良扭曲着身子，无声无息地倒卧在木椅旁，便惊叫着说，"不好了，队长出事了"，接着便让服务员配合她，两人一起用力把宗良连拖带拽抬至卧室中央，一面为他做起了人工呼吸，一面让服务员紧急呼叫120前来救援。

就这样，沈宗良被救护车送进了浦光中医医院急诊部，并立即进入急救程序。田小婉也随车护卫，须臾不离左右。所幸由于抢救及时，宗良很快就缓过神来，第三天就恢复了正常的生命体征。但令人意想不到的是，他的双腿就此麻痹，不听指挥，不能动弹。沈宗良是浦光医院年轻大夫中的名医，又是带队援鄂胜利归来的勇士，他的不测，让全院上下都为他着急，更让亲自投入抢救，以致两昼夜未得安睡的院党委书记、院长钟士豪，急得像热锅上的蚂蚁。因为，明天就是团队人员隔离期满、回家团圆的日子，但宗良病成如此模样，回家团圆已无可能，这一定是深爱着他的母亲王冬梅所无法面对的。这位巍巍如山的母亲，17年前已经失去了正担任着浦光中医医院院长的丈夫，今日若获知儿子又遭遇如此不测，这不是要她命的事吗？钟院长反复思量，觉得不能再瞒着这位母亲，便果断派车将她接来医院，然后在抚慰她的同时，让她直面这一现实。尽管，从感情上说有些残酷，但于情于理都是硬生生无法违避的现实。

没想到宗良母亲王冬梅，不愧为"岁寒而知松柏之后凋"，此番她面对儿子突如其来的不测，尽管一开始心如刀绞，不堪接受，但之后依然表现出了无比的坚强。特护病房里，母子俩发自内心的对话，让宗良倍受鼓舞，再一次感受到了伟大母爱的力量。他在母亲面前表示了无比坚定的信念，说即便"三折肱"，也要"为良医"，哪怕今后与轮椅为伴，也要坚守"为生民立命"的为医宗旨。哦！钢铁般的母子，没有任何力量可以摧折娘儿俩的意志和定力……

4. 山寺钟声

金若萍之所以怒火中烧，还有另一个原因，那就是不久前阿秀和她儿子第二次来看若萍，在交谈中，阿秀儿子掏出了一张数额达 50000 美元的外汇卡说:"阿姨,我们娘俩两次上门,都两手空空不带礼物,怪不好意思的。这 50000 美金送给你,聊表我侄子一点微薄心意,请阿姨收下。"若萍一见,不禁五脏六腑翻滚,这小伙子好阔绰啊,送礼那有这样送的?便几翻推辞,不肯受领。奈何这年轻人言语肯切说:"这区区小钱,就当是给玉贞买些化妆品、手提包之类的日用品吧!"哦,五万美金,还区区小钱,让若萍越发对这小伙子刮目相看。这时,旁边的阿秀也顺着插了一句:"阿萍,没事的,我们小姐妹一场,儿子十七八岁出国,如今事业有成,孝敬你一下长辈,完全应该啊!"若萍听她这么一说,像是注射了一针安慰剂,心中猛添了对这位外企高管信任的法码,便说:"那好,我就暂时先替玉贞收下吧!"却万万料不到,这连日来一不留神,玉贞竟"尿检阳性"了。现在弄成这样,叫她如何对阿秀娘俩交待啊?猛然间,她想起了远在"太湖山庄"养生写书的丈夫杨君吾,是他,临出门前放了只"码头",同意玉贞和宗良去民政局登记结婚,至使弄成现在这个样子。但他一到湖州,三个多月不通信息。事到如今,她已无力挽回这个局面,只能强压怒火,等他回来再说了!

其实,这时候的杨君吾,说是在异乡养生写书,心情却比若萍好不了多少。这次,他向组织上请了创作假,来到"太湖山庄",是为了将 17 年来发表的医药论文,整理出版一部《杨氏医论》,

这是他为了将自己毕生从事的中医中药治病和研究的成果汇集成册，而后留传后世。谁知这回来到湖州，整着理着，心头突然产生了疑虑和愧疚。原来，他这部可以称得上现代中医巨著的《杨氏医论》，其中所有的论据和论证，几乎全出自宗良父亲沈之方编撰的《百姓医经》手稿。这其中隐埋着两段见不得人的历史遗秘：

一是那年沈之方带队援京抗击"非典"，是由他临阵退却直接导致的。当时，杨君吾是浦光医院大面积扩容后的业务副院长，医院行政部曾委任他为援京医疗队队长。谁知临到上飞机前，他突然发生"损腰"，痛得站不起来。众所周知，损腰这病来之突然，上身容易脱身难。有道是伤筋动骨一百天，三天两天好不了。老院长接到机场其他人员来电汇报后，看到情况紧急，为不耽误援京大事，他便当仁不让，决定亲自带队上京，于是匆匆备了行李，顺手带上《百姓医经》，紧急赶往机场。他让杨君吾留下代理院长职务，自己带着医疗队成员登上飞机上京去了，这就造成了老院长之后在抢救重症孕妇中献身的客观机缘。但这个客观机缘不是直接原因，只是杨君吾临阵恐惧而假装损腰所造成的人事变换。虽然别人不知道，但对他自己来说，却是严重的道德坍塌，如假以时日，是会受到良心的谴责的。

二是之后老院长牺牲，他受组织委托，护送冬梅母子上京接回烈士灵柩。在整理烈士遗物时，发现了这部《百姓医经》手稿，便悄悄地藏了起来。这才有了之后17年中，杨君吾屡次发表在著名医药杂志上的中医、药论文，也由此名闻天下。

人，毕竟还有良知，要不就没有"翻然醒悟"这个成语。

就这样两件不为外界所知的秘密，如今却成了杨君吾无法放下的精神木枷和道德负重。人在年轻时的妄作胡为，往往逃不过年老时自己对自己的反思和精神审判。加上近年来国家法治措施的不断完善，使杨君吾的良医意识终于也有了复苏。特别是昨晚他接到钟院长的电子邮件，告诉了他有关玉贞已与宗良登记成婚，以及宗良援鄂回来的遭遇，要求他立即回医院参加对宗良的救治，便连续两天整夜不能熟睡。第三天天未大亮，便早早起来。他推开窗户，几声沉闷的山寺钟声，又一次传入他的耳中，让他受到从未有过的震撼，于是一曲发自内心的咏叹，像决堤洪水喷涌而出，其间，夹杂着羞愧和阵痛。此外，还有一丝恐惧，那就是要治好女婿的双腿麻痹不难，《百姓医经》有好多同类案例的记载，就此，他也治好过与宗良同类的病例。但为了获得专家们的共识，这次必须用《百姓医经》记载的病例为宗良治病，势必会将当初自己私藏医经的秘密公诸于众，这让他何以面对呢！于是他关上窗户，又一次弹起古琴，但此时的杨君吾心绪纷乱，何以成曲，便又丢下古琴，信步来到房门后。刚打开房门，正好遇上了在走廊消毒的曾经听过他讲座的湖州医院老护士长陈阿姨，谈论中陈阿姨对他表示由衷的钦佩，但对一个正在觉醒的灵魂来说，听到这种赞扬声，却不再像以前那样感到如啖蜜桃，而是感觉特别的刺耳，不禁满心羞愧、无地自容。好在他"知耻而后勇"，在迷茫中选择了回归。面对陈阿姨的夸奖，他勇敢地承认自己的当初讲课的内容，都是"沈之方老院长留下的经验"这一真相。之后，当他知道东海与湖州两地疫情已缓解，两地省际交通也相继恢复，便决定终止《杨氏医论》的出版计划，立即回到医院，因为这两天来，女婿的病情，已像无声的命令似地催促着他。虽然这将是他难以吞下的苦果，因为要治好他的腿麻，办法就在《百姓医经》里，但这样做，必将公开老院长的《百姓医经》，这不是等于将自己赤裸裸地暴露在光天化日之下吗？这就是他所以夜不成眠的原因所在。现在陈阿姨帮着他打开了心窗，从另一个侧面给了他勇气，便毅然决定回医院，索性先向组织坦诚交待，详细叙述自己十七年来的道德欠债。然后，把《百姓医经》手稿交出。于是，他关上窗，急冲冲收拾行李，告别了山庄。临走，他一把拢了一下古琴的琴弦，嘭一声过后，自言自语说了句意味深长的话："我弹了 20 多年，却从未弹出过寺庙钟声一样的沉稳音符，还有何用？"便匆匆整理行装，然后背起双肩包，拉着行李箱走了，却将古琴留在了山庄。杨教授此举，让一向崇拜他的陈阿姨感到莫名其妙。

下集

5. 虎不食子

就在宗良与母亲见面的同一天上午，杨玉贞所在的药物所接到东海市药监局通知，由浦光中医医院药物研究所研究员杨玉贞博士担纲研发的新药，被核准正式批量投产。这让杨玉贞高兴至极，因为这是杨玉贞首次在紧急情况下受命、独立担纲研发的抗病毒新药。两个多月来，她带领团队成员时而奋战在实验室，时而奔波于大江南北、国内国外。一次次通过大量志愿者的配合，对药物配方做了无数次的试验和改进，现在终于开花结果。一款被命名为"金菊清瘟"的中成药喷剂，一改以往"药丸口服"或"针剂注射"的传统用药方式，变成将雾化了的药剂，喷入鼻腔内，而后沿咽喉、气管进入肺部，直接将病毒杀灭于传播通道的灭毒方式。现几经试验，效果已相当明显，因而获得了药监部门的核准。杨玉贞她们的研发工作，也终于告一段落。杨玉贞也由此提前获得了去住院部特护病房探望沈宗良的机会。

这一天她刚上班，药物所所长便通知了她，并给了她一个特假，让她立刻去医院探望丈夫。于是她满怀爱意和喜悦，驾车来到离药物所不到一公里的特护病房。尽管两个多月来她与宗良及护士田小婉通过微信联系，知道宗良已闯过了危险期，但当她进入病房，亲眼看到宗良惨白的面容，看到他下肢不能动弹的痛苦病况，心头依然掠过一阵阵酸楚，顿时热泪难禁。此刻，她尽力克制自己，佯装笑脸，先把新药批准投产的喜讯告诉了他。宗良听了，兴奋不已，急忙挣扎着想抽动下半身坐起来，却几次不能如愿时，心头更像刀绞一般。于是，她用力帮着搀扶才让他坐了起来。宗良见到了两个多月来未曾谋面过的玉贞，想要拥抱她，可当两人不约而同刚刚伸出双手时，一种职业素质，使他们同时想起了防疫规则，两双手竟同时停在了半空中。于是，玉贞戴上口罩，又从包里拿出另一只递给宗良说："戴上吧！"一对小别重逢的新人，互相对望着，都不知道该先说什么。毕竟许多话，都在微信里说了。突然间，宗良摇了摇头，脸色阴沉下来，嘴唇微微抖动，原先坐直了的身子又重新后仰下去。这情景倒让玉贞心慌起来，便俯下身子，问他是不是有什么不舒服了？宗良摇摇头，眼眶里满是眼泪。

　　经过再三思考，沈宗良决定向玉贞坦露心迹。他对玉贞说，他懊悔自己在出发援鄂的前夜留宿玉贞。他说他现在双腿不能站立，以后的结果也无法预料。为此，他想趁目前胎儿尚未成形，希望玉贞终止妊娠。谁知她话刚出口，便遭到玉贞激烈地抵制。她说"虎不食子，鹰不弃雏"，何况我们是人，怎么可以有这种念头？尽管宗良的话语吞吞吐吐，但她知道宗良的想法，是怕他一旦双腿致残，会让她终身受到连累。不过，她不接受这种懦夫式的同情。她说孩子是爱的结晶，是两情相悦，水到渠成的结果。她相信自己5年多来的选择。为此，无论上刀山、下火海，都要与宗良风雨同舟，共同面对。她鼓励宗良一定要相信祖国医学的力量，一定会有站起来的一天。一番话让宗良又难过又高兴，两人终于不顾一切的破防拥抱。

这时候，田小婉护士送走了宗良母亲，返回病房。玉贞真诚地鞠躬谢过田护士在紧急关头勇救宗良的大恩大德，并手赠她一方丝巾。田护士连声道谢。欢快的气氛中，她向玉贞提出了宗良双腿麻痹，很可能与援鄂期间长时间受到寒湿侵蚀有关。玉贞也由此受到启发，决定紧急约见钟院长，要将这一情况转告于他。正是这一突破，宗良再一次得到上苍的眷顾，一抹浓浓的春意在病房四处弥漫。

6. 遗方救儿

当天下午，杨君吾教授顺利从"太湖山庄"回到浦光中医医院。他是三天前接到钟院长要他速回东海的邮件的。但由于疫情，湖州与东海之间的交通到今天才恢复。此番他乘坐的长途大巴一到东海车站，便急匆匆巴不得一脚跨进院长办公室。首先他要在组织面前毫无保留地做个交代，请求组织予以处分。而这样做的目的是为了轻装上阵为女婿治病。钟院长热情地接待了他，接着一番真诚的悔悟，得到了一向具有辩证思维的院长的赞许和谅解。他对杨君吾说，"事物总是一分为二的，你临阵退缩、私藏医经并依此为自己获取名利，果然有错，组织上会做出相应的处分。但另一方面你也为《百姓医经》的客观验证和临床引用，起到了意想不到的先导作用。而且，还将为治愈沈宗良医生的下肢并发麻痹，提供意想不到的适用药方，从这点来说，还是值得肯定的。这不是也符合我们中医辩证施治的逻辑和医理吗？"

杨君吾由此卸掉了背负 17 年的包袱，决定轻装上阵，用烈士留下的遗方，以及自己几次临床验证经验来救治沈宗良双下肢麻痹的心梗后遗症。他相信，有了《百姓医经》记录的验方，再配上自己的针灸疏通经络的绝技，宗良一定能站起来。于是，他和钟院长一起，详细地研究了治疗方案。正巧，玉贞的到来，转达了田护士的提醒，这又为治疗方案的形成，找到了至关重要的中医传统医药的施治依据，增加了成功的确定因素。

或许，宗良父亲沈之方的在天之灵也万万想不到，他为造福后代百姓留下的医经，居然让自己的儿子，再次站立起来，这不是巧合，而是福报。

7. 教授亮私

会见了钟院长，兼而探望了女婿沈宗良，杨君吾带着轻松的心情，乘女儿小车回到了小别三个多月的暖巢。谁知暖巢不暖，家里没人，院门关着。他不知老伴去了哪里，便放下行李，四处张望，正纳闷间，却发现背后站着爱人金若萍。此刻，金若萍是把又一次来访的闺蜜儿子乔洋送走后回来的。两个人见面，不见常人那种应有的兴奋，相反却言不由衷，话中带刺。乔洋这次是去香港公司总部办理商务的，顺便也来与阿姨告个别。就在两人小叙时，若萍不好意思地告知乔洋，说玉贞性格倔强，不听劝说，你们谈朋友的事，只能作罢。说完便回到内室，把先前乔洋送的那张银行卡取来，还给乔洋。谁知乔洋说什么也不肯收回，表示这区区小钱，就当是孝敬阿姨你的。然后，又说他要赶乘东海到香港的航班，不能久留，就此告别了。于是，若萍送他出了杏林苑大门口。回来时心中说不清的纠结，可她不知道的是，就在她去卧室取卡时，乔洋潜进玉贞书房，取走了她新药研制的光盘，因而埋下了新的祸患……

见老伴满脸不高兴，杨君吾自然也高兴不起来。于是，磕磕绊绊，唇枪舌剑的冲突，势在必发。双方各自倾诉原委。深染社会世故影响的若萍，越说越让觉悟了的杨君吾听不进去，惹得他怒火难抑，一下撸掉了茶几上的水杯和银行卡，并披上外衣要出走，正好一声惊雷，大雨瓢泼中，玉贞连拖带劝这才把他劝了回来。就在这时，玉贞接到海关边检人员打来的电话，一家人才知道乔洋被扣机场，其原因是查到了藏在他行李箱中的光盘，里面有玉贞新药研制的保密资料。要玉贞和她母亲从这时起，配合调查。于是，老夫妻争吵也随之熄火，心情也随之紧张起来。尤其是金若萍，尽管平时习惯世故，但在大是大非面前，不免也战战兢兢不知所以，面色苍白的她缩在一旁微微发抖。玉贞见状不禁心生爱怜，便走上前去安慰妈妈，见父亲一味在责怪她，便让父亲不要再责怪妈妈，并及时做了说明。她说这光盘经过加密处理，不会有泄密之虞。她劝父亲先去厨房吃点东西，然后早点去卧室休息。留下母女俩，静待海关边检人员的到来。此刻的若萍，虽经玉贞解释，心中的紧张已稍有缓和，但听说曾经让她认为什么都高人一筹的乔洋，居然干出盗走光盘这种下三滥的事来，这是她无论如何找不到理由的。毕竟，她只是一个简单的家庭主妇，哪会知道"商场如战场"这一颠簸不破的真理……

8.婚典还经

为沈宗良祛湿排毒的治疗方案，当夜得到了浦光中医医院中西医专家们的一致认可。第二天，杨君吾领衔这场救治，沈宗良以神农尝百草的精神，决心口服"伏湿拔毒方药"予以舒经通络。所幸天从人愿，三帖伏湿排毒药汤分三天下肚，第四天，宗良便抖抖索索站了起来。杨君吾乘胜追击，一日两次为宗良金针治疗，十天后，宗良终于可以拄杖走路了。钟院长十分高兴，经医院党委研究同意，决定于"五一"劳动节为宗良举行隆重简朴的嘉奖仪式暨结婚庆典。庆典上，东海市卫健委委托钟院长为代表，向沈宗良颁发"良医奖状"和奖金。正逢杏林春满的季节，早杏已熟，累累挂满枝头。"天使亭"前挂起了大红灯笼和集束气球。沈宗良从轮椅中站起，玉贞递过为防不测替他准备的手杖，他微微一笑，没有接过来，从容地大步走向主席台，接过了东海市卫健委的嘉奖状。接着杨君吾郑重地将《百姓医经》手稿交给钟院长，钟院长归还给了沈宗良。沈宗良接过手稿，转而捧到母亲面前，王冬梅睹物思人，难免两行热泪，于是，沈宗良动情劝母亲，一曲深情的演唱让来宾们人皆泪目。其中，有17年前被宗良父亲、浦光医院老院长沈之方舍身救治好的田小婉母亲，这次闻讯特地从北京赶来参加沈宗良婚礼。就在这时，宗良母亲哆哆嗦嗦从手包里拿出了一迭单据，这是宗良父亲牺牲前30多年中为穷苦病人垫付的 50 多张药费欠条，因为老院长有过八字说明："病人不还，我们不讨"，而这一次王冬梅深明大义，决定当众销毁。王冬梅深明大义欲废穷苦病人债据的义举，使在场所有来宾心灵极其震撼。于此同时，这位伟大母亲、烈士遗孀的高尚品格，也深深影响着另一位一度迷失了自我的母亲，让她内疚地却又心悦诚服地向王冬梅鞠躬致歉。忽然，天使亭上空，一群白鸽，响着鸽哨飞过杏林苑。在一派祥和的气氛中，钟院长当众宣布，王冬梅同志保存的病人债据，全部由医院负责代这些欠债病人支付，因为这些债据，是老院长身体力行，救人性命的有力证据，是医德医风的具体体现，将交给东海市医药博物馆永久保存。

接着，两位新人拜过三拜，有情人终成眷属。不多时，沈宗良家里飘出了香槟酒的芳香……

（全剧大结局）

目录

序言 ⋯⋯⋯⋯⋯⋯⋯⋯⋯⋯⋯⋯⋯⋯⋯⋯⋯⋯⋯⋯ 1

《杏林两家亲》剧情预览 ⋯⋯⋯⋯⋯⋯⋯⋯⋯⋯⋯⋯ 8

《杏林两家亲》人物表 ⋯⋯⋯⋯⋯⋯⋯⋯⋯⋯⋯⋯⋯ 1

上集

第一场：杏苑新蕾（序曲）⋯⋯⋯⋯⋯⋯⋯⋯⋯⋯ 6

第二场：双喜临门 ⋯⋯⋯⋯⋯⋯⋯⋯⋯⋯⋯⋯⋯⋯ 30

第三场：不测风云 ⋯⋯⋯⋯⋯⋯⋯⋯⋯⋯⋯⋯⋯⋯ 45

第四场：山寺钟声 ⋯⋯⋯⋯⋯⋯⋯⋯⋯⋯⋯⋯⋯⋯ 66

下集

第五场　虎不食子 ⋯⋯⋯⋯⋯⋯⋯⋯⋯⋯⋯⋯⋯⋯ 82

第六场：遗方救儿 ⋯⋯⋯⋯⋯⋯⋯⋯⋯⋯⋯⋯⋯⋯ 93

第七场：教授曝私 ⋯⋯⋯⋯⋯⋯⋯⋯⋯⋯⋯⋯⋯⋯ 112

第八场：婚典还经 ⋯⋯⋯⋯⋯⋯⋯⋯⋯⋯⋯⋯⋯⋯ 137

杏林原典 ⋯⋯⋯⋯⋯⋯⋯⋯⋯⋯⋯⋯⋯⋯⋯⋯⋯⋯ 149

·原创现代沪语戏剧文学本·

杏林两亲家

题记：为天地立心，为生民立命，为往圣继绝学，为万世开太平。

时间：2020 年农历甲子春天

地点：东海市浦光中医医院职工专属"杏林苑"别墅小区；杏林苑内"天使亭"；浦光中医医院病房；"太湖山庄"民宿居室；浦光中医医院院长室。

人物：（编剧申明：下列剧中人物，本剧人物和故事，系根据杏林日常生态中，中医药继承者们的优秀事迹，剪裁塑造而成，来自生活，高于生活。人物纯属虚构如有与现实雷同，纯属巧合。相关药方，亦属虚构，不足为凭，请勿效仿。）

人物表

沈宗良——男，35岁，浦光中医医院综合科主任医师。东海中
　　　　医药大学高材生。戴眼镜，一心钻研坐诊学问，对
　　　　病人极端负责的年轻名医。继承祖业，是沈家第三
　　　　代良医。援鄂抗疫回来后，在隔离十四天期间突发"心
　　　　梗"，一度下肢瘫痪。（简称良）

杨玉贞——女，30岁，浦光医院新药研究所博士研究员。宗良
　　　　新婚妻子。戴眼镜，漂亮沉稳，有气质有追求。敢
　　　　于蔑视世俗，追求婚姻自由的女性。（简称玉）

王冬梅——女，65岁，浦光新区某街道卫生服务中心退休护士，
　　　　朴实无华。"杏林苑"小区疫情防控红马甲志愿者。
　　　　沈宗良母亲。为人忠厚诚恳。（简称梅）

钟士豪——男，50多岁，东海市浦光中医医院党委书记兼院长。东海中医药学院兼职教授，杨玉贞读博时的指导老师。（简称钟）

杨君吾——男，65岁，原浦光医院业务副院长，退休后返聘留院。杨玉贞父亲。抗击"非典"援京时，于出发前临阵装病退缩。又在宗良父亲牺牲后，趁为他整理办公室遗物之机，取走了《百姓医经》手稿，之后抄袭发表论文，以致名利加身。后在"太湖山庄"写书时，受良心责备，决定向组织坦诚前事，弃邪归正。（简称吾）

田小婉——女，22岁，浦光医院实习护士。田出生于1998年，是沈正方最后救起的怀孕妇女的头胎女儿，曾就读于北京医学院医疗护理专业的大学生。（简称田）

金若萍——女，62岁，杨玉贞母亲。全职太太，穿戴时髦，小市民气息浓厚。（简称金）

陈阿姨——女，55岁，湖州某医院退休护士。太湖山庄防控疫

情红马甲。

群　众——若干人（男女皆可）

上集

第一场：杏苑新蕾（序曲）

时间：2019 年己亥年除夕傍晚

地点：浦光医院职工专属居住小区"杏林苑"一角。

人物：沈宗良、杨玉贞、王冬梅

台景：沈宗良家客厅。（陈设可简可繁）。天幕上映现小区全景，红瓦白墙的两层别墅建筑小楼，一排排错落有致，一条小河弯弯穿过楼群，有几座小桥横跨小河，河边嫩柳低垂成行，几株早梅，争相报春；几只白鹤，有的在河面上空盘旋，形如天使下凡；有的在河滩上涉水捕食，一派祥和气氛。舞台中间向内为上下场出入口，右侧，沈家客厅，有些台、凳摆设。墙上挂一幅大尺度彩色照片，是沈宗良父亲 17 年前（即 2002 年）穿着白大褂拍的工作照。左右挂着沈宗良手书的明代"心学家"王阳明格言对联。右联是"为天地立心"，左联是"为生民立命"。

（乐队奏幕前曲）

（幕后合唱）今朝年夜合家欢，

　　　　　　杏林园，汤圆送香扑鼻来。

　　（王冬梅从厨房出来解下短襟围身，至丈夫遗像前，

　　点起红烛，敬上一碟未煮汤圆，然后三鞠躬，然后

　　凝视丈夫遗容，然后又戴上饭单）

中间续唱：红烛高香点起来，

　　　　　敬过祖先又敬长辈。

　　　　　王冬梅不信神仙不信邪，

　　　　　只为把，亡夫烈士来缅怀。

　　　　　眼看时钟已过六点半，

　　　　　还不见，儿媳领证把家回。

　　　　　不由得，心神难安出门来，（甩）（梅跨出门口）

　　　　　四处张望把新人盼。

　　　　　望墙边，菊花披金色未褪，

　　　　　看庭前，玉兰迎春褒新蕾。

　　　　　更有早梅红灯照，

　　　　　分明是，人虽未归喜兆先来。（有所释怀，点点头）

梅：（白）唉！多快6点钟了，既勿看见阿良他们人影，（从

　　饭单袋里摸出手机）又勿听见迪只"老人手机"铃声，

真正让人担心！（走到前台）阿良他爹2002年抗击"非典"支援北京小汤山，在抢救一名重症孕妇时，不料自己被感染，最终献出了自己的生命。17年来，我又当爹、又当娘，煞费苦心，孤儿寡母总算挺了过来。幸亏单位领导一路关心，让儿子免费进了中医药大学，毕业后穿上了白大褂，成了沈家第三代医生。

没想到他心里只想病人，不想爱人，开着药方子，忘了讨娘子。一场恋爱谈了五年零八个月，我日催夜劝，迪趟总算约了女朋友到民政局登记去了，哪晓得一出去就想勿着回来。（再次看看四周）

今朝大年夜，别人家都在团团圆圆不是吃圆子，就是吃年夜饭，我也做好了18只荠菜夹肉咸圆子，18只豆沙桂花甜圆子，就是不好下汤落镬。嗨，倷看好，等歇小夫妻俩一进门，阿良一定急刹糊涂等勿得熟，（学阿良）"姆妈，汤圆好吃了吗？"多35岁了，还像个小囡，真是"缩勿小的爷娘，养勿大的儿郎"。估计迪歇辰光应该要回来了，我还是先去把汤圆落镬烧起来，等他们一进门就可以吃了。（转身入内，沈宗良手牵杨玉贞，兴冲冲上场）

良：　　（唱）都说是，人逢喜事精神爽，

　　　　　　马见青草四蹄欢。

　　　　　　世上乐事千千万，

　　　　　　我以为，救人性命最开怀。

　　　　　　玉贞啊，感谢你，刚才助我一臂力，

　　　　　　把心梗病人，从死神手里抢回来。

玉：　　（唱）是你宗良白衣丹心在感召我，（甩）

　　　　　　感谢两字不必谈。

　　（白）宗良，也真巧，你让我亲眼见识了你救人时的洒脱和
　　　　　　果断，感受到你临危不惧的大医风采。（玉贞在街
　　　　　　灯下见宗良在救人中，西装扯掉了一粒钮扣，头发
　　　　　　也有些散乱，便帮着理了一下。）你看你，救起人来，
　　　　　　什么也不顾。宗良，我爱你！（玉贞深情地望着他，
　　　　　　然后警惕地看了一下四周，冷不防踮起脚跟吻了一
　　　　　　下宗良）

良：（白）哟，给我发"荣誉勋章"啦？（摸摸嘴唇），真妙！

玉：（白）你坏！（玉贞羞颜，一手捂着自己脸，一手假意敲
　　　　　　打着宗良的胸肌）

良：（白）从拿到结婚证起，我们是正儿八经的夫妻了，还有
　　　　　　什么好难为情的？好了好了，我们不闹了！玉贞，

　　　　　今天饭后出门前，姆妈说，准备做汤圆给我们吃。

　　　　　刚刚为了救人，我们回来晚了。现在汤圆下在锅子里，

　　　　　说不定都一垛烂了吧！

玉：（白）哦，对啊对啊！我们赶快进屋吧！（刚转身，宗良

　　　　　又回头）

良：（白）哦，对了，玉贞，今天你进了我家门，见了我娘，

　　　　　该叫啥了？

玉：（白）（故意摇摇头）不晓得！（又笑着娇着说）你叫啥，

　　　　　我也叫啥！

良：（白）真不愧是药物所研究员，说话滴水不漏！好吧，我

　　　　　们这就进屋吧！（拉着玉贞走近家门高呼）姆妈，

　　　　　我们回来了！

玉：（白）哎呀，你喊啥呀，撳一下门铃不就好了吗？

良：（白）对呀！我怎么把这个也忘了呢！（便按动门铃，却

　　　　　不松手，室内铃声响个不停。）（梅急上）

梅：（白）喔唷，早不回来，晚不回来，36只汤圆刚刚想下汤

　　　　　呃辰光回来了，真正急刹人，没办法，只好把煤气

　　　　　灶关一关。好了，好了，门铃要拨侬撳坏脱了，（急

　　　　　忙开门）又忘带钥匙了吧！（开门见了玉贞，便推

　　　　　开忠良，先到玉贞身边）

玉：（白）（玉贞见状，急忙先叫了一声）姆妈——（梅急忙应声）

梅：（白）嗳——玉贞啊，快进屋、快进屋！（进屋后，忠良边脱下西装外衣，边说）

良：（白）玉贞侬看，倷姆妈有了媳妇，不要儿子了。早知道这样，我再晚一点去登记。（说完又陪笑脸）姆妈，儿子开个玩笑，别生气呀！

梅：（白）小冤家，我有啥气好生？（接过忠良脱下的上装）哎呀，侬傺怎呃啦？今朝第一次穿上的新西装，倷怎弄得脏兮兮了，侬看，还扯掉了一粒钮扣，是勿是跟啥人相打了？

良：（白）姆妈，我多35岁了，从小到大，你看我同啥人相打过了？

玉：（白）姆妈，你别怪他，今朝宗良做了一桩惊天动地的大事呢？

梅：（白）喔唷，还是惊天动地的大事，一定又是救了啥人吧！

玉：（白）嗖，姆妈，你怎么一猜就中啊！

梅：（白）俗话说，"儿是娘的心头肉"，这叫"心灵感应"，要是我没记错的话，这是他当医生以来，在野外救起的第18位病人了。玉贞啊，这种毛病西医叫心梗、脑梗、腔梗、脚梗，我倷中医统统称为"气滞血瘀"，

随时会发作。不过，玉贞，你说今朝迪桩事体惊天

动地，可不可以说给姆妈听听？

玉：（白）（诧异地）咦，姆妈侬不简单啊！中医、西医路路通啊！

梅：（白）没啥好奇怪的，近朱者赤，近墨者黑呃！还是先说

侪今朝呃惊天动地吧！

玉：（白）好啊、好啊。姆妈，侬听我讲

（唱）　今朝下午登完记，

时钟刚好敲三点。

回程中，我们开车走过大商场，

想买一盒，名牌糕点孝敬您。

谁知刚进商场门，

有位老年男子突然摇摇晃晃跌倒在大厅里。

正当大家，慌慌张张围观时，

宗良他，毫不迟疑，紧跨两步抢上前。

拨开众人看究竟，

双膝跪地，摸出听筒，把症状辨。

听完胸口搭脉搏，

断定心梗无怀疑。

于是他一面让我拨120，

一面双膝跪地做人工呼吸。

半个小时不停歇，

额角上汗水淌淌滴。

幸亏急救车来得还顺利，

把病人抬进了车厢里。

为保病人，一路平安到医院，

宗良他，自告奋勇，随车救护在病人边。

我也开着小车紧紧跟，（甩）

与宗良，共蹈惊险，争分夺秒，在死神手里抢

时间。

梅：（接唱）　玉贞啊，这老人后来怎么样？

是否平平安安脱了险？

玉：（接唱）　姆妈侬放心莫着急，

吉人自有天相怜。

他身上带有身份证，

医院就一只电话通知他家里。

这老人，送进医院不到两小时，（甩）

便在急诊室里，转危为安脱了险。

梅：（接唱）　你们是领证夫妻救人命，

真可谓，杏林新传独一篇。

祝病人，早日恢复得康健，（甩）

从此百病不侵百泰平安享永年。

（转白）唉——现在的病人，就是不太相信中医郎中先生，其
　　　　实对这种"气滞血瘀"，中医中药是完全可以预防的。
　　　　好了好了，现在侬命也救了，肚皮也饿了，快到卫生
　　　　间洗洗手，再揩把面，准备吃汤圆。

良：（白）姆妈，刚刚在急症室里洗过了，就是这个地方在
　　　　唱"空城计"……（指指自己肚子，冬梅心领神会）

梅：（白）那好，侬就在这客厅先休息一会，姆妈这就到厨房
　　　　把汤圆落镬下汤。（冬梅入内，玉贞发现墙上沈宗
　　　　良父亲的工作照，便牵着宗良走过去。）

良：（白）玉贞，这是我爹爹的遗像。这旁边是我中医大学毕
　　　　业后当实习医生时写的对联。平时一直挂在我姆妈
　　　　的卧室里，今朝我们俩登记结婚，姆妈说，要让爹
　　　　爹也看一看漂亮的儿媳妇，就一早将照片移到了客
　　　　厅里。

玉：（白）（走上前去，仔细观看）宗良，你父亲地阁天方，眉毛、
　　　　眼神都像你。

良：（白）哎，逻辑性错误，他怎么会像我呢？正确地说，应
　　　　该是我像他吧？

玉：（白）对、对、对，我说错了。（面露愧色）

良：（白）看来博士生一不小心也会犯低级错误啊！

玉：（白）你这是给我上纲上线了吧？这种生活中的细节，值
　　　　　得这样认真吗？

良：（白）不、不、不，我也只是开个玩笑。不过玉贞啊，侬
　　　　　是伲浦光医院药物研究所的研究员，平时能养成一
　　　　　种严谨的思辨习惯，对研究工作也是有帮助的。这
　　　　　像我们医生临床诊断一样，同一种疾病，表现在不
　　　　　同的病人身上，就会有不同的细节反映。抓住了这
　　　　　些细枝末叶，往往就会收到意想不到的医治效果。

玉：（白）宗良，我心里有个疑问，刚才你发现病人昏倒，为
　　　　　什么一开始不是马上给他做人工呼吸呀？

良：（白）刚才那个病人是缓慢跌倒，不是突然昏倒。一开始
　　　　　他的心还在跳动，只是心率减缓，这个时候，他是
　　　　　因为心肌缺血疼痛难忍，站立不住，所以倒了下去。
　　　　　你一定也看到，老人倒下去之前，右手紧紧按着左胸，
　　　　　说明他的心区疼得相当厉害，便判断他是心梗无疑。

玉：（白）哦，我明白了，昏倒和跌倒，这也是细节。

良：（白）不错，医学上的伟大成就来自一般会被人忽视的细节。
　　　　　据我父亲说，这话是我爷爷第一个提出。我爷爷曾经是
　　　　　个三省游医，他是在浙江天台山采药时，坠落悬崖而遇

难的。就拿我父亲来说，他没能像我们一样进入高等学
府，可他从社区医院从一个小医生做起，一路自修，创
造了不少让病人起死回生的奇迹，直到他当上了大医院
的领导，仍然保持着这种作风。他呀——

（转唱）18 岁，在卫生学校毕业后，

　　　　　分配在，社区医院投师拜祖当医生。

　　　　　爱岗敬业不怠惰，

　　　　　决心把，祖国医学来传承。

　　　　　辛勤从医 30 年，

　　　　　记下了，医疗档案上千份。

　　　　　疑难杂症，分门别类理清楚，

　　　　　同病异方，辩证施治写分明。

　　　　　珍贵手稿上千页，（甩）

　　　　　《百姓医经》终写成。

玉：（接唱）　在大学，读过《黄帝内经》岐黄道，

　　　　　　　从未听到，还有《百姓医经》世间存。

良：（接唱）　是浦光医院，杏林新编独一本，（甩）

　　　　　　　是我父亲，留存济世的良医心。

玉：（白）哦，俕是三代杏林世家呀！哎呀呀！真是"听君一
　　　　　席话，胜读十年书。"怪不得你现在医术如此高明，

网上一片点赞声，真是年纪不大，名声不小。基因，一定是基因。

良：（白）谢谢你的鼓励，不过我沈宗良，并不刻意追求这种名声。玉贞，我在读初三时，就注意到父亲在编这本手抄经，只可惜这本书，在我父亲牺牲后，就不知下落，无处寻找，至今，我还有点寝食难安。要是现在还在，我一定会将它整理出版，一来圆他老人家当年的梦想，二来我要把它公开出版发行，让广大中医医生作为参考。玉贞啊，你听说过"自做郎中苦黄连"这句民谣吗？

玉：（白）听到过，我父亲也曾经说起过！

良：（白）那你知道这话的意思吗？

玉：（白）（摇了摇头）没研究过！我在药物研究所知道"黄连"这味中药，知道它很苦，可以退热、镇痛，还解毒，但怎么会跟"自做郎中"联系起来，就不懂了！

良：（白）哦，不够完整。我就这样说吧，这里的黄连，指三种黄字打头的中药连着吃，是指黄连、黄芩、黄柏。这三种药都是清凉解毒，但都很苦。三黄连吃，那是苦上加苦。一个医生可以治好一百个病人，但倘若自己得了重病，自己却救不了自己。这种尴尬，

17

你说苦不苦？

玉：（白）是这个意思啊？这民谣很深刻啊！

良：（白）是啊！就拿我父亲来说吧！当年他——

（唱）抗"非典"、援京城，胜利临近，

正期待，几天后、"方舱"清零。

医生护士心头喜，

盼着那，回归团圆众家亲。

谁知救护车警笛又骤响起，

有位重危孕妇被抬进了"方舱"门。

父亲他，救人心切怕误事，

顾不得，把防护服装穿齐整。

于是这，小小疏陋酿大祸，

万恶病毒，乘虚侵入他的身。

10天后，重危病人脱了险，（甩）

他却魂断汤山，捐性命。

玉：（接唱）真所谓，千钧一发危情急，

百密一疏难防身？

（白）这是一种救死扶伤的精神啊！

良：（唱）父亲他，临床亲诊两月整，

连续加班忙不停。

　　　　疲劳的身子已透支，（甩）

　　　　自身那免疫细胞被消耗尽。

玉：（白）就是你说的那个细节。免疫力极度衰弱，是会带来
　　　　大范围的并发症的。你爸呀，真是一位公而忘私，
　　　　舍生忘死的好郎中啊！

良：（白）一点不错，不过，这还不够，很多时候，我们还需
　　　　要一种"细节精神"。清代画竹大师郑板桥题诗说
　　　　"些小吾曹州县吏，一枝一叶总关情"。我们中医
　　　　看诊同样适用这个道理。所以，我父亲的《百姓医经》
　　　　第一页就有"七言医诀"一首诗，说的就是医生看诊，
　　　　一定要先摸清病人的底牌，否则就是"敷衍搪塞"，
　　　　近乎于谋财害命。我们当医生的，假如只空怀一颗
　　　　救人之心，而不注意自身医术的修炼，那也是失德。
　　　　所谓辨证施治，就是要不厌其烦地与病人对话，摸
　　　　清病人发病的底细。可惜的是，现在真正能做到"望、
　　　　闻、问、切"的医生还不是多数。医风不改，医德
　　　　难兴啊！但再难，我们这一代医生，要点亮这盏灯，
　　　　并举着它一路向前，这样就会有越来越多的杏林同
　　　　行跟上来！

玉：（白）振聋发聩呀！

良：（白）好啦，好啦，这一切都过去了！父亲的《百姓医经》
　　　　丢失了，但我可以通过我自己的临床医疗经验，重
　　　　新再编写新时代的《百姓医经》。

玉：（白）好，宗良，我支持你，一定当好你的助手。宗良，
　　　　你真好！我爱你！（情不自禁地拥抱宗良。春梅端
　　　　三小碗汤圆上，见状立马止步。）

梅：（白）喔唷，热度上来了！（边说边不好意思转过身去，
　　　　故意提高嗓子喊着）汤圆来了！（玉、良迎上前去）
　　　　诺，这是玉贞的，这是阿良的，这一碗是我的。来吧，
　　　　我们一起吃汤圆！

玉：（白）姆妈，家里有红酒吗？

梅：（白）有，有，有，哎呀，真该死，我怎么把这事给忘了
　　　　呢！侬稍等，我马上到里厢去拿。（梅入内，很快，
　　　　右手拿一瓶酒，左手拿两只杯子上台）来，我来
　　　　替你们倒。

玉：（白）姆妈，还要一个杯子。（冬梅不知玉贞真意，便接
　　　　着说）

梅：（白）玉贞啊，姆妈不会喝酒，一喝酒就要头昏眼花，天
　　　　旋地转。

玉：（白）姆妈，那就算了，就用我这个杯子吧！（冬梅打开

酒瓶，为玉贞倒了一杯）姆妈，这第一杯酒，是我
这个沈家媳妇，敬献给公公的。姆妈，我刚刚在听
宗良说，公公在北京小汤山医院的英勇事迹。为此，
（语声低沉地）我妈妈一直反对我跟宗良牵手，说
是"单亲家庭不吉利"。这也是我们俩的恋爱，为
什么谈了5年多的原因。倒是我父亲坚决支持，他
说放着苍生大医的后代不嫁，还能嫁谁？今天，我
第一次看到公公的工作照，刚才又听了宗良的介绍，
晓得了公公从医30年的医德医风，让我无限钦佩。
所以，我要先敬他一杯。

梅：（白）玉贞啊，侬正是人也漂亮心也好，真正叫秀外慧中，
攀着你这位好媳妇，是我伲沈家的福气啊！只怪阿
良他爹少了些寿运。（冬梅忽地感到心头一阵酸痛，
眼中闪出泪花，便背过身去，并撩起饭单擦眼角。）

玉：（白）（玉贞见状，急忙跨前几步扶住）姆妈，侬倷恁啦？

良：（白）姆妈想起心头事了！（不禁也摇摇头）每年这个日
子，姆妈总要流脱勿少眼泪。（说罢自己也悲从中
来，便捂住双眼。）

（梅在玉贞和宗良的搀扶下，冬梅坐进沙发，少顷
缓过神来，抓着玉贞的手。）

梅：（白）玉贞啊——阿良他爹原本是可以避开那次劫难的。

那是

2012 年 3 月——

（唱）　北京暴发"非典"病，

凶险病毒横行肆虐害生民。

党中央紧急发号令，

要东海市，立刻组队驰援北京城。

你公公，所在医院反应快，

30 人队伍连夜组建成。

谁知队伍出发前，

带队医生，突然闪腰直不起身。

你公公，见此情形心着急，（甩）

情急之中，决定亲自带队上北京。

（继唱）谁知不测风云由此生，

阴差阳错，旦夕祸福找上门。

你公公，返师前夜受感染，

就此不幸捐性命。

从此他抛妻别雏赴黄泉，（甩）

阴阳相隔成梦中人。（唱罢低头拭泪）

良：（接唱）　姆妈侬勿要太伤心，

　　　　父亲他，像伟岸高山受人敬。

　　　　那年他，为抢救特危孕妇两条命，

　　　　顾不得，严密防护保自身。

　　　　虽然爸爸他驾鹤去，

　　　　却一人换来两条命。

　　　　这样的英雄行为我永记心，

　　　　17年来，是我学医行医的指路灯。

　　　　我也要，白衣丹心，努力当一名好医生，（甩）

　　　　救死扶伤，把父亲的遗志来继承。（梅忽然醒悟，
　　　　急忙用饭单角抹了下眼角。）

梅：（白）哎呀，我真是昏了头了！今朝是新媳妇第一次进门

　　　　的日子，应该高兴才对。玉贞呀，姆妈失礼了。

玉：（白）姆妈——侬言重了，玉贞并不觉得侬姆妈失礼，恰

　　　　恰相反，你对公公如此情深义重，值得我玉贞好好

　　　　仿效。

　　　（唱）情到深处泪自淋，

　　　　只为心中爱此人。

　　　　17年来，你与宗良，孤寡相依重振奋，（甩）

　　　　这忠贞情怀，阅尽天下少少恁。

良：（接唱）姆妈呀，爸爸人走难复生，

　　　　　　青史上，赫然留着他的名。

　　　　　　各级领导常关心，

　　　　　　年年上门纾艰困。

　　　　　　从今后，姆妈侬千万要放宽心，（甩）

　　　　　　在这美好时代，颐养天年，把心底隐痛一扫清。

梅：（白）好好好，姆妈从今以后一定把你们的话记在心里，

　　　　　以后呀，开开心心，当好倷两个人的总后勤。好啦，

　　　　　好啦，辰光勿早，好媳妇呀，侬就先给阿良他爹敬

　　　　　酒吧！

玉：（白）好，好！（回头对良）宗良，我们俩还是一起敬吧！

良：（白）好，好！（两人提起酒杯走到工作照前）爹爹，你

　　　　　儿媳妇玉贞给你敬酒啦！（与玉贞一起深深三鞠躬，

　　　　　又倒酒落地。）

玉：（白）爹爹呀！我不能亲眼见到你当年舍己救人的英勇情景，

　　　　　深感遗憾。但愿你在天之灵，天天快乐，保佑我们一

　　　　　家平安。（回头，玉贞再倒了两杯，来到冬梅前）

良、玉：（白）我俚还要敬姆妈一杯！

梅：（白）（急急推却）免了、免了，玉贞、阿良，这杯酒就

　　　　　留在你们举办婚礼的那一天再敬吧，到了狄呃一天，

　　　　　姆妈哪怕头轻脚花，也要好好陪倷吃一杯。现在，

我们还是吃汤圆吧！（梅双手抬起汤圆，发觉汤圆已冷）哎呀，要紧说话，汤圆都冷了，我还是再去热一热吧！

玉：（白）不、不！不要再烦劳姆妈了！

良：（白）对、对！（指着玉贞）我们两个心里正热着呐。玉贞，是吗？

玉：（白）（玉贞含羞）你！（正在一家人欢乐之间，宗良手机响了。）喂，你好，请讲！哦，是钟院长啊！

幕后配音：（白）沈医生吗？不好意思，打扰你休息了。刚刚接到东海市卫健委领导的命令，半个月前江汉重镇武汉，爆发不明肺炎疫情。这次疫情，来势凶猛，不到一周就有近千人受到感染，武汉各大医院已经人满为患，党中央要求全国各地三甲医院立刻组建"援鄂医疗队"驰援武汉。今天下午，市卫健委已正式下达命令，要求我们浦光医院，与其他两家医院组建援鄂医疗队，并确保明天上午8点出发赴鄂。

沈主任，请你现在马上来医院参加紧急会议。

良：（白）（关上手机）玉贞，出大事了。（宗良神色紧张，玉贞也吃惊不小，冬梅也放下碗筷。）

梅：（白）宗良，又有啥事了？

良：（白）武汉突发不明肺炎，来势凶猛，至今已有近千人感染，医院也人满为患，上级要求我们浦光医院抽调力量，参加东海市援鄂抗疫医疗队。钟院长要我立即到医院参加紧急会议。

梅：（白）啊，倷沈家刚刚才缓过神来，怎么又遇上这样的事了。宗良，这一次你可以（略等一下，语声转轻）不去吗？

良：（白）姆妈，（神情严肃）这一次医院要求共产党员争当先锋，我沈宗良也是党员，怎么可以临阵退却呢？（转身对玉贞）玉贞，我现在马上要去医院参加紧急会议。（说罢转身要走）你先陪妈妈吃汤圆，开完了会，我会马上回来！

梅：（白）阿良，那你吃完汤圆再走吧！

良：（白）这汤圆呀，还是开好会回来再吃吧！这是紧急会议，共产党员是有纪律的。

梅：（白）阿良，姆妈现在心里扑扑跳。我、我、我——

良：（白）姆妈，别怕，倷想讲啥，倷讲，我听着呢？

梅：（白）姆妈想讲，这一次你能不能不去武汉？等歇开会时，倷好好跟钟院长商量。再说今年正月半是个吉利的日子，姆妈准备把你们的婚礼办了。你也知道，这乡规民俗不谈登记，只认婚礼。

良：（白）姆妈，情况紧急，婚礼肯定是要延期了。（走前靠近梅，并握住她手）姆妈，去不去武汉，不是可以商量的问题，而是必须要服从党委的安排。在这方面，你一定要理解儿子，支持儿子，好吗？（梅低头沉思，但很快转变态度）

梅：（白）阿良，这个道理姆妈懂。可就是——嗨，不说了，（摇着双手）你现在就去医院开会吧！

良：（白）好，姆妈，那我走了。（穿上外套，欲走又回头）玉贞，今晚你就住这里吧！

玉：（白）住这里？这样好吗？（玉贞立马想到住在这里会发生什么，便面带羞涩）

良：（白）有什么不好？（从桌上拿起结婚证）国家批准，双方自愿。这还不够吗？（莞尔一笑）

玉：（白）那好吧！（含羞地转过身去）

良：（白）玉贞，紧急会议时间不会太长。刚才钟院长说过，医疗队明天上午8点就要出发的，等会儿你帮妈妈整理一下我的行李。免得明天手忙脚乱，拿了东西，忘了南北。

玉：（白）好好！（良又回到梅身边）

良：（白）姆妈，侬一定要放心，现在的医疗条件，要比爹爹
　　　　　那个时代，好上百倍。另外，我现在正在学习爹爹
　　　　　当年的传统，编写医经。这次驰援武汉抗疫，那是
　　　　　一次极好的实践机会。我怎么能错过呢？

梅：（白）好、好，那侬快去开会！（宗良大踏步跨出门口。
　　　　　传来小车的喇叭声）玉贞呀，来，我们俩先把"胃
　　　　　空病"先治好了！（稍等，吃着汤圆时忽想起）玉
　　　　　贞呀，你爸爸他最近身体好吗？

玉：（白）勿太好！隔三岔五会做恶梦。不瞒你说，今年元旦
　　　　　过后，组织上安排他到浙江湖州的太湖山庄疗养，
　　　　　谁知这一去，他连手机也没带，只带了一台笔记本
　　　　　电脑，还有他平常最喜欢玩的古筝。这一走，至今
　　　　　没有任何音讯。

梅：（白）怎么会这样的呀？是不是……

玉：（白）姆妈，不必担心，他托朋友传过话，说是要整理出
　　　　　版一本《杨氏医论》，叫我们不要打扰他。

梅：（白）我们这些做医生的，平时难得有个亲近山水的机会，
　　　　　既然组织上给了他这个机会，就让他一面写书，一
　　　　　面弹琴，静静休养吧！

玉：（白）嗯，也只能这样了！姆妈，我们吃汤圆吧！

  幕后配唱：风云突变疫情急，

      沈宗良，慷慨逆行上前线。

      婆媳俩，手拿碗筷心忧虑，（甩）

      不知汤圆啥滋味。

（幕下）

第二场：双喜临门

时间：2020 年 4 月中旬某个早晨。

地点：浦光新区新建的生态公园。

人物：杨玉贞、王冬梅、金若萍，若干晨练游客。

台景：背景天幕，映现生态公园远景广角。杏林苑小区内，新
　　　杏挂果，周边桃红柳绿相映成趣。飞檐翘角的"天使亭"，
　　　随着疫情的解封，重现往日风采。台上，左侧凸露假山
　　　半截；右侧是"天使亭"全貌，亭侧樱花盛开，牡丹争妍，
　　　海棠若惊。仲春风光，疫后尽现。幕启时，王冬梅身穿
　　　抗疫志愿者红马夹，背着观众，静坐亭中。

幕后唱：　　　玉兰枝头未开尽，

　　　　　　　"天使亭"前百花盛。

　　　　　　　"本草"园畔，白露悠闲落浅滩，

　　　　　　　新荷池中，鸳鸯追逐穿绿萍。

　　　　　　　蝴蝶协协花间舞，

蜜蜂嗡嗡采花芯。

年年春光惹人醉，（甩）

王冬梅，今年三春心不宁。

（王冬梅起身走出亭子，来到淡粉色的樱花丛下，

想伸手摘枝，但手举半空，又缩了回来。并转身走

向前台）

梅：（白）唉——大地春正芳，愁人无心赏啊！

（唱）自从阿良离家门，

冬梅我，茶饭无味睡不稳。

百花争艳无心看，

百鸟争鸣勿想听。

曲指算来两月多，（甩）

不知阿良他，何时可以回转门。（转身斜对天幕）

（继唱）忠良啊，你这一次援鄂到重镇，

姆妈我，又是支持又担心。

赞的是，你继承父志有骨气，

在大疫面前，向死逆行不含混。

忧的是，临床难免有疏忽，

怕病毒乘机伤你身。

远看当年白求恩，

近看你爹 17 年前魂断北京城。

小小失误成大祸，

从此阴阳两离分。

思前想后心若悬，（甩）

阿良呀，只盼你早日回家万事安宁。

（白）宗良啊，你知道吗，前天上巳清明节，我——

　　（唱）去陵墓祭扫你爹的坟，

　　　　　祈求他，在天之灵多照应。

　　　　　坟前跪坐了半时辰，

　　　　　无限悲思诉不尽。

　　　　　我不贪金银不图名，

　　　　　只希望，一家人，平安健康，安居乐医过光阴。

　　　　　谁知未到惊蛰先响雷，

　　　　　新冠疫情突然出现在武汉城。

　　　　　从此平静的生活被打破，（甩）

　　　　　像小船被卷进了浪中心。

（白）阿良啊，自从正月初一早上，把你送上去武汉的航班，

　　　　我的心，也像被挂在了飞机上。幸亏在后来的一个

　　　　多月中，玉贞常抽空打电话告诉我你在武汉的情况。

　　　　没想到最近一个多月，玉贞也像失联了。我用老人

手机打她电话，每一次都是"嘟、嘟、嘟"的忙音。
就这样一断断到现在。我早也盼，夜也盼，总算盼
到玉贞昨夜来了电话，约我今朝八点在"天使亭"
前碰头，说是有重要信息告诉我。现在啊，我心口
头像有两只小鹿在撞，不晓得玉贞会带来什么样的
重要消息！（看手机时间）现在七点三刻，（焦急地）
嗨！还有一刻钟。我还是到亭子里再等一歇吧！（两
名晨跑青年走过，其中一名招呼梅）

群：（白）王阿姨早上好！（梅笑着）

梅：（白）哦，大家好！疫情缓解了，出来活动活动好啊！哎
　　　（指着其中一名青年），这位小伙子，钟如山教授
　　　说，在野外跑步可以不戴口罩的噢！（幕后传来玉
　　　贞亲切的呼唤声，由远至近）

玉：（白）姆妈——姆妈——

梅：（白）（转身）啊，是玉贞啊，喔唷，姆妈急得来，像热
　　　锅上的蚂蚁，七点半就在这里等了！

玉：（白）哎呀，玉贞勿好，玉贞糊涂了，不应该隔夜约你的，
　　　本想给你一个惊喜的，可是……唉，让侬昨夜一夜
　　　没睡好吧！

梅：（白）哎——隔夜打、早上打，不都是急吗？自从一个多

月前断了联系，我人蹲啦小区门口做红马夹，心里
像油锅里的油条，浑身焦热。好啦，我现在先要问侬，
这一个多月失联，是侬怎桩事体？

玉：（白）姆妈，对勿起啊，玉贞这就告诉你，姆妈啊——

（唱）玉贞失联非平常，

只因为，有项重要任务要完成。

抗疫前线形势好，

全国处处传佳音。

我伲中药研究也不落后，

扬鞭策马跟得紧。

三月初，中药拔毒新药剂，

在实验室里研制成。

现在小范围试验已成功，

还得让，更多患者参试来求证。

钟院长，要我火速带队去武汉，

让抗疫实践做鉴定。

为了防止，科研成果被外泄，

保密纪律不留情。

因此我，不能逐一告家亲，（甩）

望姆妈，原谅玉贞突然之间断音讯。

梅：（白）哦，原来是迪忑桩事体啊——姆妈不怪侬，不怪侬！

（接唱）听了侬玉贞一番话，

姆妈怨气全消尽。

药物研究非儿戏，

丝丝扣扣关众生。

反反复复搞实验，（甩）

才能万无一失救人命。

玉：（白）谢谢姆妈理解玉贞不告而别。不过玉贞还是要说声
对不起，让你40多天杳无音讯。

梅：（白）（扬了扬手）玉贞啊，不要再道歉了，姆妈也是浦
光中医医院前一代的老护士长，知道药物研究纪律
是侬忑一桩事体。姆妈要怪也只能怪自己，人未老
脑子先退化，见到新事物，不肯学上去。侬看一只
老年手机用了三五年，不要说现在年轻人时髦的微
信、视频、抖音，就是短信也不会发。还有啥个叫
支付宝，买东西可以不付钞票。哦，玉贞，侬是什
么时候回到研究所的？

玉：（白）我是15天前带团队一起飞回来的，不是还要隔离14
天吗，所以，昨天下午才回到家里，晚上我就打电
话给你报个平安。姆妈，我现在心情舒畅，我们中

药研究所这次实验成功的拔毒药物相当成功，名字叫"金菊清瘟"，是用金银花、野菊花、蒲公英、莲芯、芦根等 12 味中药材提炼出来的合成制剂，现在已报请上级有关部门审批，等到正式纳入临床试用，批量生产，即使有人染上新冠肺炎，也只需像感冒一样治疗一下就可以了，不会再谈冠色变。

梅：（白）是啊，中药是个宝，要是能与西医联手好好开发，一定前景灿烂。玉贞啊，我想起了你公公生前说过的一句话，他说"湿热风寒，恶症之源"，你说的几味药，都属寒性，都是清热消炎、除湿、解毒的好药呢！

玉：（白）姆妈侬是"一个老护士、半个老郎中"呀！

梅：（白）哪里称得上啊，还是那句话"近朱者赤，近墨者黑"，我是在你公公身边将近 20 年耳濡目染学到的一点皮毛而已！（突然想起）哦，玉贞呀，你这次到武汉，碰到过阿良吗？

玉：（白）我们的新药试验不在他同一个医院，他们在东山，我们在西山，因为疫情阻隔，也没办法去看他，但他的情况我都知道，都在我手机里收藏着呢！他们的医疗队成果辉煌，除了开始有几例重危死亡的病历之外，最近一个半月都做到了"零死亡"，为此得到了武汉市人民政府的嘉奖。不过宗良很辛苦，除了白天临床亲诊，晚上回到宾馆，还要整理重危病人的资料，他说要像爹爹一样编写一部"抗疫医经"。因为人手少，有时候还要加班，所以人也瘦了点。

梅：（白）你看、你看，沈家门里不断种。基因遗传，基因遗传啊！玉贞啊，电视里讲，武汉的疫情已经缓解，宗良他有没有说起过，什么时候可以班师回朝了？

玉：（白）哦，说起过、说起过。（玉贞看了下手机）姆妈，现在八点半，正好是他们上飞机的时候。

梅：（白）上飞机？他们又要去哪里？

玉：（白）（神秘地）哪里也不去，他要回到你的身边，再过两小时，这飞机就会在浦光机场着陆。

梅：（白）啊，是吗？哎呀，真的是好消息。哦，狄呃，狄呃就是你说的重大信息？

玉：（白）是的。

梅：（白）那你俫怎勿早点讲呢？（面露不悦）

玉：（白）（玉贞笑着回答）姆妈侬看，今朝我们俩个一见面，侬一歇歇问我这个，一歇歇又问我那个，宗良的事，没"叫到号"呢!

梅：（白）是啊，是啊！玉贞侬看，姆妈又犯"老昏经"了。（忽然想起）哦，对了，我们要不要到机场去接他呀？

玉：（白）不用、不用，宗良他们是整个团队班师回朝。他们下了飞机，机场防疫中心会安排专车接送到指定宾馆，也要隔离14天，今天是4月7日，21日就是他回家的日子。

梅：（白）那好，那好，回来就好，隔离是必须的，按照防疫的规矩办么！人回来了，哪怕隔离24天，我也可以放心了！阿弥陀佛！（双手合十，向天膜拜）（玉贞在一旁偷笑）

玉：（白）姆妈，侬也相信迷信？（玉贞突感恶心，便走到假山旁连连作呕）

梅：（白）不是相信迷信，这叫心理作用，明明晓得没用，但一碰上急事体，就会自然而然表现出来……（见玉贞连连作呕，急忙走了过去）玉贞你怎么啦？

玉：（白）（玉贞缓过神来），姆妈，没事体，没事体，我这是"试纸阳性"！

梅：（白）试纸阳性、试纸阳性，（忽然醒悟）哟，怀孕了？（玉贞含羞低下头）莫非观音娘娘送子来了？

玉：（白）（点点头）嗯！

梅：（白）（掐指一算）一定是大年夜那天……这么巧啊！这可是准准作作的"坐床喜"啊，（激动又兴奋）啊呀呀，倪沈家时来运转，这喜事一桩接着一桩（回头对玉贞）玉贞呀，到医院做过其他孕检吗？

玉：（白）昨天回到医院，我就到妇产科做了孕检，诺，这里还有"孕检报告"呢！（说着打开手包寻报告）咦，昨天明明放在包里的，怎么找不到了呢！

梅：（白）玉贞呀，找不到就别找了，你是药研所博士研究员，还能有假吗？（另一个红马夹女青年远呼近唤上台）

红马夹（白）：王阿姨、王阿姨，我总算找到你了！快，我们"杏林苑"小区门口，查到了一位外地返回、体温超标的人，居委林主任要侬快去看看……

梅：（白）哎呀，这可是头等大事，（回头对玉贞）玉贞啊，姆妈要马上去一趟小区，侬也回去吧，辛苦了这么长时间，该休息休息了。（对红马夹）小姑娘，我们走！（两人下）

（玉贞正想回，假山后闪出她妈金若萍的影子，金若萍烫大波浪半花白头发，戴墨镜，穿时尚中老年服装）

金：（白）你是寻找这张"孕检报告"吧（神情严肃，阴阳怪气）哼，未婚先孕，还要点儿脸面吗？

玉：（白）妈妈，你跟踪我？

金：（白）哼哼，跟踪你？你瞒天瞒地瞒亲娘，再过几个月，怕是肚子也要不争气啰，还用得着我跟踪吗？老娘这不叫跟踪，叫关心。

玉：（白）你私翻我的手包？

金：（白）私翻手包？（阴沉地）糊涂了吧，是你自己放在梳妆台上，忘记放进手包了吧，我是一片好心，你倒反而责怪起我来了？

玉：（白）好，妈妈，既然你是好心，那就把"报告"给我吧！

金：（白）把"报告"给你？哈哈哈，"女儿不要娘，老天来帮忙"，这孕检报告我还要保留几天。你爸元旦前去湖州大湖山庄闭门写书，快三个多月了，虽然信息无通，但估计也快回来了。等他回来，也给他看看。（扬了扬报告）

玉：（白）妈妈，看你这副样子，我真不知道我这个女儿，倒底是你亲生的，还是小时候抱养的，人家后妈，也不会说话如此刻薄！

金：（白）放肆！杨玉贞啊——

（唱）你竟把亲妈比后娘，

　　　不知道，你究竟怀的啥心肠？

玉：（接唱）说什么心肠不心肠，

　　　你还是自问良心想一想。

　　　女儿我，自由婚姻有啥错？

　　　为什么，你要处处作对"下脚横"？（下脚横：

　　　沪语，读 wāng 即刁难）

　　　女儿今年 30 岁，

　　　不是十七八岁的小姑娘。

　　　为什么，你要横挑鼻子竖挑眼，（甩）

　　　看不惯，烈士后代沈宗良。

（继唱）说什么，单亲家庭不吉利，

　　　像篱笆缺桩屋缺梁。

　　　五年来，你一会儿要我嫁官家子，

　　　一会儿要我攀富家郎。

　　　你从不体量我女儿心，

　　　可晓得，我夜半流泪，几次三番，强忍哭声到

　　　天亮。

　　　我问你，天下亲娘多多是，（甩）

　　　有哪一个，像你这样铁石心肠的老亲娘？

金：（白）你啊——

（唱）常言道，池塘水满旱不慌，

地广田宽多打粮。

林深容得百鸟栖，

楼高何愁少阳光。

女孩子，若是嫁得富家郎，

天摇地动有靠榜。

几年来，我苦口婆心劝说你，

为什么不能反躬自问想一想！

可怜天下父母心，

哪一颗，不把子女往里面装？

玉：　（继唱）妈妈啊，女儿我也有自信心，

堂堂博士生，何必要把大款傍。

只要夫妻相合好，

自有琴瑟共笙簧。

随缘耕种收地利，

随分饱暖胜天堂。

你生就我一颗聪明脑，

还有可文可武，可攀可登手一双。

富家公子，穿金戴银招摇过市再风光，

生了毛病，谁能缺少白衣天使一帖方？

今天我明白告诉你，

叫那个，"绿卡华侨"也断念想。

玉贞我，从医报国为生民，（甩）

中华红杏不出墙。

金：（接唱）　好一个，中华红杏不出墙，

我看你，还是九转回肠细思量。

现在婚庆还未举行，

却是怀孕在先像啥样？

不如趁早先终止，（甩）

是长是短，留出时间再商量！

玉：（接唱）　我已是，三十岁的大姑娘，

自己的行为自主张。

我与宗良已登记，

怀孕生子是法定行为很正常。

生育本是神圣事，

自然恩赐，岂能任意来阻挡。

妈妈你不必再担心，（甩）

从今后，阳光风雨我会自担当！

金：（白）好了，好了，侬已说够了，我也听够了！反正你们

证也领了，孕也怀了，往后你也自由了。（说罢，
狠狠地瞪了一眼）哼！（转身下）

玉：（白）（见金转身要走，便跪了下去）妈妈，原谅我吧！（金
回头看了一眼，停住了步，摸出那张"孕检单"抛
向空中，金走了，玉贞再一次凄惨地呼叫）妈妈——
（隐隐传来金的回音）

金：（白）哼，不见棺材不落泪，不撞南墙不回头！

（舞台灯光渐暗，幕下）

第三场：不测风云

时间：距前场 12 天后，上午 8 时。

地点：浦光医院特护病房外走廊，及病房内。

人物：（以出场先后为序）钟士豪、田婉君、王冬梅、沈宗良、
杨玉贞。

台景：舞台 App 天幕虚景为医院大楼宏观局部。实景是医院特
护病房外走廊，设三连座候诊座椅。半帘内幕垂挂，右
侧为病房。

（幕启时，钟士豪院长从右侧走出，至前台。他来回踱步，一
会儿坐上候诊椅，样子显得局促不安，不时地张望前方。与此
同时幕后配唱。）

（幕后合唱或独唱）

　　　　天有不测风云雨，

　　　　人生旦夕有福祸。

　　　　沈宗良，回来隔离第 10 天，

一清早，突然昏迷倒地卧。

中西医，紧急会诊忙抢救，（甩）

终于让，年轻生命重复苏。

钟：（接唱）沈宗良，抗疫阵前好大夫，

黄鹤楼畔把丹心谱。

援鄂救护 60 天，

亲手治愈危重病人 300 多。

不愧是，我伲东海团队的好医生，（甩）

为浦光医院扬声誉。

（继唱）本以为，班师回朝功圆满，

谁能料，杏林骄子会遭横祸。

4 天前的清早晨，

他突然急性心梗倒地卧。

几天来，我日夜守在他病床边，（甩）

千方百计来救护。

目前他，生命体征已平稳，

却是下肢麻痹难开步。

未来的风险难预料，

我钟士豪，像万支羽箭穿心过。

眼看明天已是隔离期满回家日，（甩）

　　　　　　叫我如何面对，他那年逾花甲的高堂母？

　　（白）唉，出了这种大事，我身为一院之长，俫恁躲得过去？

　　　　　　今天一早，我只好硬着头皮，接他母亲到医院来，

　　　　　　一是要原原本本把真实情况告诉她，二是要做做她

　　　　　　的思想工作，希望她要坚强地面对现实。唉！事到

　　　　　　如今，也只能走一步看一步了。（这时屏风微开，

　　　　　　台左侧走出端着接尿器，戴着口罩的实习护士田小

　　　　　　婉，钟抬手看表）哦，七点半了，宗良他妈妈应该

　　　　　　就要到了（田护士从另一侧上场，并走近他）小田啊，

　　　　　　宗良大夫昨日夜里睡得好吗？

田:（白）钟院长啊，沈主任昨夜他睡得很好！面色也越来越好看。

　　　　　　就是这腿，还是站不起来。

钟：（白）田护士呀，这腿要能站起来，不是三天两天的事，

　　　　　　马上宗良医生的母亲要来探望，所以，我得在这里

　　　　　　等她呐。

田：　（唱）　钟院长你太辛苦，

　　　　　　这三日三夜，你忙里忙外没停歇过。

　　　　　　办公室里搭临时铺，

　　　　　　日夜守候着沈大夫。

　　　　　　现在他病情明显有好转，（甩）

　　　　　　　你应该，安心回家把睡觉补。

田：（接唱）　谢谢小田关心我，

　　　　　　　我正当，年富力强挺得住。

　　　　　　　沈大夫，病情虽然有好转，

　　　　　　　还得刻刻留心防止生变故。

　　　　　　　只要他一天不能站起来，（甩）

　　　　　　　我就一天不会搬走那"临时铺"。

　　（白）小田同志，我倒是为你担心呀——

　　　　（唱）你是去年刚来的实习生，

　　　　　　　这一次，还自告奋勇随队赴鄂战毒魔。

　　　　　　　抗疫前线风险多，

　　　　　　　据说你，从未叫过一声苦，

　　　　　　　这几天，你除了发药打针遵医嘱，（甩）

　　　　　　　还要端汤送水、把病人生活来照顾。

　　（白）田护士呀！你也要多多关心好自己，有时候在病床边

　　　　打瞌睡，要拿毯子盖一盖。自己的身体健康可不能

　　　　大意呀！（上前接过田手里接尿器）小田同志，这

　　　　个我来去洗，你在这里坐一会吧！

田：（白）钟院长，这个我已洗过了，刚才我是拿到消毒间去

　　　　消了消毒。钟院长，疫情防控，大家都忙不过来，

我能分担一点是应该的。

钟：（白）田护士呀，明天你也该回家了，今天晚上，我派人
　　　接你的班吧！

田：（白）（连忙摇手）不用不用，我在这东海市只有宿舍没
　　　有家，到哪里都一样。

钟：（白）那就好，那就好！哎，不对呀，（忽生疑问）你说
　　　什么？在东海市没有家，怎么回事呀？

田：（白）钟院长，我的家在北京小汤山医院附近叫田家村的
　　　农村里。

钟：（白）侬讲啥？小汤山医院，那是一家很有名气的防疫医
　　　院，那你怎么会来到东海……

田：（白）钟院长，说起小汤山，还有一个让我们全家无法忘
　　　却的恩人。那一年，我刚满6岁，后来听妈妈说那
　　　是2003年5月底的清晨，这一天的北京城呀，

　　（唱）黄梅雨过天放晴，

　　　　　大街小巷响起鞭炮声。

　　　　　历经三月抗非典，

　　　　　胜利捷报飞满城。

　　　　　男女老少同庆贺，

　　　　　纸船明烛送瘟神。

没想到，凡事总会有意外，

妈妈她，产前安检，查出了"非典"疑似症。

120 飞车急救，将她送进小汤山，（甩）

果然确诊无疑问。

（续唱）都知道，常人非典已很危险，

临产孕妇，更是危情牵着两条命。

小汤山领导更担心，

急召专家共会症。

谁知会诊结果吓杀人，

专家们，众口一词下结论。

说什么，保了大人不保小，

保了孩子就难以保母亲。

这残酷的结论刚做出，（甩）

爸爸他，顿时头昏眼花泪倾盆。

只因为，我是一个轻度残疾儿，

计生委，同意我父母把二胎生。

钟院长啊，未出生的儿子是个宝，

母亲的性命更要紧。

只见他，签字的手笔抖不停，

迟迟不肯生死抉择来确认。

幸亏有位上海来的好大夫，

紧要关头，挺身陈词据理争。

专家们，终于一致下决心，

一定要，排除万难救下母婴两条命。

他们齐心协力把险情排，

终于让，母子双双逢凶化吉回家门。

这一天，爸爸的内心更激动，（甩）

怀抱儿子，又亲又吻喜泪淋。

钟：（白）田护士呀，真想不到

　　　（唱）在那抗击非典收尾时，

　　　　　　还有惊心动魄大浪掀。

田：　　（唱）只可惜，那位东海神医好郎中，

　　　　　　由此感染、医治无效献终身。（钟听罢心中明白，

　　　　　　低了低头）

钟：（白）唉！不堪回首呀！小田啊，你知道吗？

　　　（唱）那上海医生叫沈之方，

　　　　　　是伲浦光医院的老院长。

　　　　　　想当初，你母亲，危急之中剖腹产，

　　　　　　老院长，他临床亲诊不避让。

　　　　　　直到你弟弟一声啼哭来世上，

老院长，才见手指头上有刀尖伤。

未料想，这细微之创酿大祸，

让病毒，钻进体内呈疯狂。

真所谓，百密也有一疏时，（甩）

纵然是，英雄豪杰也难预防。

（白）小田同志，这事后来查明，让老院长魂断京城的直

接原因，是动手术时助理医生传刀失误。尽管，

这位医生后来受了处分，但老院长的生命已经无

法挽回，令人遗憾至今啊

田：（白）是啊，我妈妈，也会经常梦见他呢！当年他——

（唱）不顾安危救下了母子俩，

妈妈她，17年来未敢忘。

只要看到我弟弟在眼前晃，

就会想起老院长。

所以她，要我们奋发读书求上进，

立志长大当医生。

要报恩国家报恩党，（甩）

为平民百姓保健康。

田：（白）钟院长，17年来，我妈妈的心里也是一直过意不

去。只要眼睛里看到弟弟，她就会想起沈医生。

她说她夜里经常在睡梦里梦见沈医生，还要我们
姐弟俩长大后都要学医，报答国家，

（白）我在高中毕业后，考了北京医科大学护理学院，去年
6 月毕业后，正巧碰到东海市浦光医院到我们大学
招聘高级护理人才的机会，我就报名应聘。没想到，
我竟然如愿以偿，来到浦光医院。这次我报名去武
汉支援抗疫，也是心存报国理想，在实践中经受锻炼。
钟院长，我来浦光医院快 10 个月，直到今天，我还
是第一次见到你呐，钟院长，你欢迎我吗？

钟：（白）哎呀，田护士，真没想到，天下竟然会有这么巧的
事体呀？你这样的高级护士，100 个也不嫌多，我
怎么会不欢迎呀？

田：（白）谢谢钟院长！

钟：（白）从你脸上还未褪尽的防护面罩留下的压痕，我就知
道你在援鄂期间的优秀表现。这一次，你又主动要
求护理突发急性"心梗"的沈宗良医生，让我感动呀！
田护士，你知道吗？沈宗良医生就是沈之方医生的
儿子呢！烈士后代啊！

田：（白）我知道他，可是他，一开始不知道我。我到浦光医
院没多久，同事们就告诉我了。钟院长，宗良医生

在武汉的表现，得到我们整个团队的认可，几乎每一个重症病人，他都要亲历亲诊。对我们护士，也是特别的关心和气，在他手下工作真开心。刚到武汉时，重病人应接不暇，他一连7天没进酒店包房休息，累了就在走廊壁角的地坪砖上躺一会。上无盖被、下无垫被。他一面临床诊断，一面还要详细记录病人的临床表现。这次回来在宾馆隔离，我和另外一位护士的宿舍正好安排在他的对面。我看到他日里夜里还在写什么文章，那稿子有这么大一堆呢！（做手势表示）

钟：（白）那都是他在武汉两个月内编写的救治医案，记录了300多个重症病人的发病症状与治疗经过，这正是市卫健委大数据中心十分需要的临床医案呢！哎，宗良医生不愧是功臣烈士的后代，工作起来像拼命三郎，太辛苦了！现在弄成这个样子，令人动容啊！

田：（白）钟院长，我想说，你能不能让我一直陪护他，直到他完全康复？

钟：（白）小田啊！我明白你的意思。这次宗良医生能在第一黄金时间得到救治，就是因为你发现得早。否则，后果不堪设想啊！

田：（白）那也是碰巧啊！那天宗良医生突发急性心梗时，碰倒了坐椅，而我正好起身出门去早锻炼，听到了坐椅倒地的声响，这才……（含羞地低下头）

钟：（白）好，小田，你是感恩回报，值得肯定，我现在就正式答复你，我同意你的要求，继续陪护宗良医生，直到他康复为止。

田：（白）谢谢钟院长，我这就回病房去了。（扬了扬手中接尿器，钟也点点头，表示默许，王冬梅戴口罩上，体型略显消瘦）

梅：（白）阿良，阿良——（钟闻声迎上前去，与王冬梅握手）

钟：（白）宗良妈妈，侬好，对勿起啊，让侬受惊了。

梅：（白）阿良，阿良侪怎啦？

钟：（白）噢，宗良医生从武汉回来，隔离刚满10天，就突发急性心梗昏倒在宾馆里。幸亏抢救及时，目前的生命体征已基本恢复，但下肢麻痹，不能站立。不过，我可以负责任地告诉你，根据参与抢救的中西医专家一致判断，宗良医生一定会慢慢康复，请侬放心！另外，我已发电子邮件通知了在太湖山庄休养的杨教授，让他马上回来，为宗良医生进行针灸治疗，疏通经络，这样就可以加速他下肢康复。

梅：（白）年纪轻轻，原本那么好呃身体，俫怎会弄成狄副样
　　　　子啊？

钟：（白）天有不测风云呀，宗良医生从武汉回来，利用隔离时
　　　　间，日夜整理从武汉带回来的医治记录，太辛苦了！
　　　　我们全院医护人员，对宗良医生的遭遇，心里感到
　　　　非常沉重。为此医院特地成立专家组，还不惜重金
　　　　请了北京最好的肢体康复专家，开通了线上视频，
　　　　吸收其他医院专家们的建议，所以，你千万千万要
　　　　保重身体，不要着急。

梅：（白）谢谢钟院长，谢谢专家们。还望我俉沈家祖宗多多
　　　　保佑。（双手合十）

钟：（白）宗良妈妈，我们进病房看看宗良医生吧，不过，为
　　　　防止交叉感染，我们不要靠得太近。

梅：（白）钟院长，我懂，我懂，我不会靠得太近的。（台上
　　　　灯光熄灭，布景暗转，变为病房内部设置，宗良躺
　　　　卧在病床上，上半身斜坐。）（冬梅见宗良，一阵
　　　　悲痛涌上心头，颤颤巍巍走近宗良，一声惨叫）

　（接白）阿良——（幕后合唱）（宗良见状，拼命扭动身子
　　　　想要下床，却下肢沉重，无法动弹。）

　女声合唱：　猛然见，阿良下肢难站立，

冬梅像，塌了青天陷了地。

魂如风筝云里飘，

两眼金星满室飞。

声嘶力竭一声喊，（甩）

泪如雨珠滚胸前。

（冬梅悲痛至极，但尽量控制，摇晃着身子，走向宗良病床一米线，忽见她双腿无力，瘫软下去；田护士眼快，抢前一步，将她架住。钟院长情急之中，抢过一只钢椅子，与田护士一起扶她坐进椅子。并一手为她扯着"人中"，田护士转身递来矿泉水。宗良在病床上，硬是拖动身子，面对妈妈，挥动双手，不断呼喊。）

良：（白）姆妈你怎么啦，姆妈，姆妈，姆妈——（钟劝住宗良，又回头对梅）

钟：（白）宗良妈妈，你不要太难过，侬看，侬狄个样子，只会让你儿子的康复带来负面影响，知道吗？肢体康复需要好心情。所以，侬一定要坚强一点，这对侬，对宗良医生都有好处啊！

梅：（白）（马上意识到这一点）好、好、好，我晓得了！（她接过小田给的餐巾纸擦干眼泪）钟院长，你贵人事多，请自便吧！（钟点点头，下）（梅接过田护士手中的矿泉水，除下口罩，喝了两口，然后定了定神，又戴上口罩，起身靠近宗良，田护士跟着搬动椅子，让她坐下，并扶着她双肩）宗良啊，侬怎会弄得狄副样子的呀！隔离期间，就趁此机会疗养身体，整理医案的事，来日方长，有的是辰光啊！

宗良：（白）姆妈，老话说，"昨日不可追，今日尚可为"，武汉抗疫的景象，深深触动着我的心灵。这场突然发生，来势汹汹的疫情，一时间让武汉医务人员手足无措，无法面对，有好几位医生、护士，也由此而受到不同程度的感染。我们东海市医疗队虽然回来了，但武汉的疫情还没有完全解除，其他省市的援鄂医疗队，还在接力奋战，而且，全国其他地方还有零星出现。我要是能把我亲手治愈的300多号重症病例的详细病况整理出来，对指导以后的抗疫一定会大有帮助。

梅：（白）阿良啊，话是不错，可是你也要量力而为么，你看你现在狄格样子……

良：（白）不、不！我会好起来的，再说，我的抗疫医经，在我发病之前已经整理好了，就等请求医院领导们批准打印成册，然后上报市卫健委。这300多例成功救治的重症病例，是我们医疗队十几位医生的共同成果，对以后全国各地发生的重症病例一定会有帮助。姆妈呀，你知道吗？"人过留影，雁过留声"，中医中药，在这次抗疫中贡献巨大，这离不开几千年来中医中药的前辈们留下的医经啊！（此时，古往今来历代圣医像一下展现在阿良眼前。）

妈妈——

（唱）远古先民尝百草，

仙草救人开先河。

夏商发明汤和酒，

药汤药酒驱病魔。

西周医家有分工，

人医兽医从此分清楚。

春秋扁鹊，望闻问切四诊八纲仔细分，（甩）

表里虚实、浮沉时数把脉象梳。

秦汉时期千古奇书医经出，

《皇帝内经》像星耀天庭北斗座。

东汉时期张仲景，

《伤寒杂病论》，被医家瞩目受关注。

东汉末年外科手术第一箇，

为关公，刮骨疗毒是华佗。

为将手术传后世，

华佗他，还在牢中写下了《青囊书》。

西晋神医皇普谧，（甩）

一根银针，一撮艾蓬把经络疏。

还有唐代药王孙思邈，

《大医精神》一书救民无其数。

有本《太本圣惠方》，是南北两宋御前医官共编注。

金元时期李东衡，

一本《脾胃论》，将五脏六腑毛病都说清楚。

《本草纲目》李时珍，

把明代中药分门类别编药谱。

清代叶天士，编写了《湿病论》，

后人才知道，湿气原是引发百病的大毒蛊。

清代末年到民国，

中西医合作探新路。

中华上下五千年，

皇皇医经一部又一部。

历代圣医为编经，（甩）

以身试药死去活来吃尽苦。

姆妈啊，历代医经集大成，

是当代医生承先启后好依据。

一本医经一盏灯，（甩）

灯灯照亮人民大众救命路。

梅：（白）阿良啊，你真不愧是中医学大学的高才生。离开学
　　堂 7 年多了，背一部我们杏林世家的家史，真是滚
　　瓜烂熟，如数家珍啊！

良：（白）姆妈啊，我身为杏林苑中一株新苗，这部家史，是
　　我的全部基因，倷恁可以忘记呢？

梅：（白）阿良啊，要是你爹爹还活着，看到你如此热爱中医
　　药事业，不知该有多少高兴啊！

良：（白）姆妈啊，提起爹爹，我儿子自愧不如啊——

想当年，父亲从医 30 年，

《百姓医经》，可称当代中医药书第一部。

只可惜，父亲人去经也丢，

至今不知啥缘故。

姆妈呀，爹爹是沈氏医家好楷模，

舍我由谁来续补？

有道是，三折肱才能为良医，

　　　　　只因为，医道崎岖多坎坷。

　　　　　宗良我，从医经验还浅薄，

　　　　　留医经，是为日后看诊少蹉跎。

　　　　　神圣使命担在肩，（甩）

　　　　　哪怕身心疲劳，也要把我青春赌。

（继唱）这一次，武汉抗疫机会好，

　　　　　中医中药，一路领先奇迹多。

　　　　　若能把，治疗记录编成书，

　　　　　中医药宝库会更丰富。

　　　　　儿子的身体无大碍，（甩）

　　　　　是爹爹他，在冥冥之中来相助。

（继唱）妈妈啊，17年来侬含辛茹苦养育我，

　　　　　儿子我，定要不辱家风走好为医一条路。

　　　　　7年前，我毕业走上从医路，

　　　　　一心只盼，杏林新枝结新果。

　　　　　多少年来，你把我看作掌中宝，

　　　　　我却是，对你姆妈少照顾。

　　　　　思前想后不应该，（甩）

　　　　　望姆妈，大人大量原谅我。

梅：　　（继唱）阿良侬休说心酸话，

17 年来，我们相依为命不算苦。

感谢各级领导多关照，

让你顺顺利利大学毕业把医生做。

三代医家续香火，

不负你父亲临终遗言重托付。

为医胜过造浮屠，

除病救命把本分务。

有道是，不为良相为良医，

这七字古训字字赛珍珠。

人生灾难总有点，

严冬过尽春暖和。

姆妈我，60 多岁不算老，

舐犊之情，像路边香樟一年四季不会枯。

阿良呀，只要有我姆妈在，（甩）

那怕天坍地崩，我们娘俩一起来顶住。

良：　（听了母亲坚强而又悲壮的叙说，不免心头酸楚）姆妈——

　　　（娘儿俩四目相对，双双泪下，后又强忍眼泪）

梅：（白）阿良，好儿子，擦干眼泪，我们不哭，钟院长说了，

　　　你会好起来的，暂时麻痹的双腿，一定会再次站立

　　　起来。（想起玉贞）阿良，玉贞有消息吗？

良：（白）有！（回头看看田护士，田会意）

田：（白）阿姨？昨天晚上，杨博士来了电话，她说，由她担
纲研制的新药已正式申报，只要上级正式下达批准
药号，会马上来看沈医生的。（梅听完田的话，盯
住田护士心中诧异，宗良发觉，便告母亲）

良：（白）姆妈，这是小田，是我们医院新招的实习护士，是
北京来的大学生。也是这次援鄂医疗队的成员。这
次我特发急性心梗，幸亏她当场发现，及早抢救，
要不，我不会这么快就醒过来。

梅：（白）哦，是吗？那真要谢谢你呀！你是我们家的救命恩
人呀！（想起身下跪致谢，田护士眼快，连忙一把
扶住。）

田：（白）不用谢，不用谢的，（边说边急急摇手）是你们家
先救了我们家的两条命呢！

梅：（白）你说啥，是我们家先救了你们家？这个——是侪恁
桩事体呀？

良：（白）姆妈，这是爹爹当年在北京抗非典时，积下的功
德呀！

梅：（白）侪恁又搭到侪爹爹身上去了？

良：（白）姆妈，侬勿要急，还是让田护士慢慢告诉你吧！

田：（白）好好，阿姨，那我们换个地方吧，外面阳光普照，

空气新鲜，阿姨，我们走吧（田护士挽冬梅下）。

幕后合唱：　　天上日月不相通，

人间自有巧相逢。

莫道前后事不关，（甩）

天意还在人事中。

——幕下——

第四场：山寺钟声

时间：农历庚子三月清明后一个凌晨。

地点：浙江湖州，太湖养生山庄。

人物：杨君吾、陈阿姨（服务员）

台景：依山傍水的山庄宾馆。左侧远山叠峰，见一座寺庙，隐
　　　约迷显在绿树婆娑中；右侧为浩瀚太湖，晨风习习，湖
　　　面上微波粼粼。正晨曦朦胧，天空满月西斜。此时，那
　　　千年古寺中，正响起第一声沉闷而又厚重的撞钟声，舞
　　　台灯渐亮。杨玉贞父亲杨君吾身穿内衣，外披睡袍，弹
　　　着古筝，却心烦意乱，己不成调。又一声钟声传来，杨
　　　君吾停住古琴，狠命拢了一把琴弦，一声长叹。

君：　　（唱）古时西厢夜操琴，

　　　　　　隔墙知音动花影；

　　　　　　今日我，抚琴欲诉心底事，（甩）

　　　　　　为何拨尽琴弦曲不成！

（他起身走向窗前，举手推开窗户，又一声沉闷
的钟声传来杨君吾遥望朦胧晨曦心潮澎湃，侧
耳细听钟鼓声）

幕后唱：　　　晨钟声声送梵音，

　　　　　　　低徊远扬警世人。

　　　　　　　古刹僧尼，千年笃笃木鱼声，（甩）

　　　　　　　总唤不醒，历代昏昏昧心人！

君：（接唱）都说道，大丈夫在世当自强，

　　　　　　　有谁知，随缘随分更要紧。

　　　　　　　非分贪念一朝生，（甩）

　　　　　　　定然自乱心境自乱神。(杨君吾抬头望夜空)(自叹)

君：（白）唉——既知今日，何必当初啊！古人说，"不为良
相，便为良医。"17年前，北京暴发"非典"疫情，
我身为业务副院长，原本应该带队援京，但就在出
发时的一刻，突然一阵恐惧冒上心头，就假装损
（闪）腰，当了逃兵。情急之中，老院长亲自带队
上京，就此魂断京城。更不应该的是我在为老院长
整理遗物时，顺手藏匿了他花30年时间编写的《百
姓医经》手稿，之后又用老院长的医经改头换面发
表论文，求取名利。不料想17年过去，名也有了、

67

利也有了，可心头那个结结，却越来越大，压得我喘不过气来。唉——现在想来，懊悔莫及啊！

（接唱）望苍穹、清如许、晨雾轻蒙，

西斜月、洒余辉、离离冰心。

春节前、来山庄、整理论文，

未曾料、钟鼓声、日夜荡心灵。

杨君吾呀杨君吾，（甩）

为何当初，一念铸成千般恨？

（继唱）想当年、杨君吾，杏林信步，

疑难症、有绝方，起死回生。

写论文、治恶症，声誉满城，

市科委、颁新奖，时而有份。

最喜人，国家特殊津贴加我身，

是东海市，杏林挂果榜上人。

哪知道，喜事越多我心越寒，

都只为，这成功背后不干净。

多一种名声，多一笔良心债，（甩）

长年累月，便气血渐亏乱心境。

（继唱）就在昨夜刚入睡，

一场噩梦吓得我极汗淋。

那面目狰狞的梦中鬼，

张牙舞爪要挖我心。

说我 17 年前抗击非典做逃兵，

贪生怕死、假装损腰骗众人。

说我顺手牵羊藏医经，

居然神态自若、脸不改色心不惊。

后来又，欺世盗名发论文，

用别人的"膏方"补自身。

说我多年来，不思悔改不知罪，

问我这，一笔笔孽债何时可偿清？

说我枉披"白衣天使"一张皮，

要把我，打回原地露真形。

突然间，一双魔掌伸向我，（甩）

吓得我，连呼救命把梦惊醒。

（接唱）人说道，白天不做亏心事，

半夜敲门不惊心。

白衣战士不信神，

为什么，这寺庙钟声我不敢闻？

白衣战士不信邪，

为什么，这咚咚木鱼我不敢听？

白衣战士救死扶伤不为利和名，

为什么，我会不知不觉起贪心？

老院长，他援京抗疫向死行，

为什么，我在关键时刻会"脚起筋"？

白衣战士宣过誓，

为什么，当年我那，沸腾的热血会降温？

有道是，不为良相为良医，

为什么，我会渐行渐远，时昏时醒忘根本？

满以为，自己做事自得知，

却瞒不过，神明三尺悬当头顶。

有朝一日事败露，（甩）

这天光地明，还有何处能藏身。

（接唱）　承蒙医院领导多关心，

批准我，来这绿水青山度假养精神。

本想趁机编"医论"，

出版成书永留名。

但不过，若要人不知，除非己莫为，

这世界上，谁能躲过"天眼睛"。

放眼当前新时代，

肃贪反腐，像狂飙席卷不留情。

拨乱反正顺民心，

正本清源，要还一个天清地廓碧空净。

回身再把我自己看，

纵然我，不贪污、不受贿，为何心乱如麻理不清。

这太湖山庄美如锦，

与我这肮脏皮囊不相衬。

与其这样，神不守舍惶惶过，（甩）

不如敞开心扉，自觉向领导把错误认。

（接唱）未料想，武汉突然现疫情，

来势汹汹，横行三江害生灵。

预定的归期被耽搁，

恨无双翅飞回到东海滨。

我原本也可以去前线，

披甲佩剑，临床亲诊救生民。

学一学，当年老院长，（甩）

向死逆行，救赎我这颗羞耻心。

（继唱）但等到，疫情缓解交通畅，

我要想方设法回转门。

主动找组织诉心声，

决心把，一笔笔心债来还清。

轻装上阵保民生，（甩）

重燃红烛，学一个"春蚕到死丝方尽"。

（杨君吾回到书桌旁，拿起《百姓医经》，随手翻动一下）

（白）老院长啊，我对不起你啊！因为我的贪生怕死，让你亲自带队上京，导致你魂断他乡。之后，又将你这本集30年大成编写的《百姓医经》占为己有，现在想来心如刀绞，百身莫赎。老院长啊，我一定会正本清源，还杏林一个清白，还人间一个公道。（将医经放回桌上）

（民宿服务员陈阿姨戴着口罩，穿着防护服，拿着消毒液喷洒器，在杨君吾房前走廊喷洒，听到房中声响，便敲了下房门，杨君吾开门招呼）

陈：（白）哟，老先生怎么早就起身了？春宵一刻值千金，多睡一会养精神呀！古诗上不是说"春眠不觉晓，处处闻啼鸟"吗？

君：（白）哦，你说得真好！不过我60多岁的人了，还春宵千金啊？

陈：（白）是啊是啊，看得出先生也是个本分人。老先生呀，一场突如其来的疫情，导致长途客车暂时停运，粗算起来，已把你封在这里三个多月了吧，先生莫非想家了吧？

君：（白）是啊，在家厌家，离家想家。人啊，实足是个"讨
　　　　贱丕"！哦，阿姨贵姓？

陈：（白）老先生客气，我免贵姓陈！先生既然你思乡心切，
　　　　可以用手机视频通话啊！

君：（白）哦，这一次是单位批准我来这里山庄休养的。同时，
　　　　还想要整理一部书稿，为防止干扰，所以，就干脆
　　　　不带手机，只带了一些学术资料和笔记本电脑。（走
　　　　近古琴）哦，还有这架古琴，（拢了一下）

陈：（白）哎呀！真看不出，先生莫非是位作家吧！哦，不不
　　　　不！凭这古琴，我猜你还是一位琴师对吗？

君：（白）琴师不敢当。我喜欢古琴，只是因为这古琴源自于
　　　　我们古代一位名医，他就是被后人称作"医圣"的
　　　　张仲景。

陈：（白）张仲景？就是那位写《伤寒杂病论》的张仲景？
　　　　（君闻言大吃一惊）

君：（白）哎呀，陈阿姨，你不简单呀，也知道张仲景这本盖
　　　　世大作？（陈慌忙摇手）

陈：（白）不不不，比起你老先生，皮毛不如，皮毛不如！

君：（白）陈阿姨呀！你知不知道，我们古代中国的第一把七
　　　　弦古琴，就是张仲景用自己庭院里的梧桐木制成的，

所以，这古琴的别名也叫"丝桐"。它看似简单，
却代表着我们古老中医的全部玄妙！

陈：（白）是吗？这么神奇？

君：（白）是啊！你看这七条琴弦，与我们中医的三位四脉何
其相似？这三位就是"寸、关、尺"，那四脉就是"浮
沉时数"。琴师弹琴，像郎中先生看病，熟练的琴
师用七条琴弦，弹出美妙的乐章；高明的郎中用"三
位四脉"找到百病之根源！

陈：（白）哦，对对对！

君：（白）张仲景是一位智商极高的古代郎中。自己本来就是
名医，却还要拜别的名医为师。还有这样一个故事：
有位与他同时代的名医叫沈槐，70岁时，因膝下无
子，怕没人继承他的医术，便日思夜想得了抑郁症，
整天不思茶饭。不少同行前来为他看病，最终无功
而返。张仲景闻讯，义务前去看诊，为他开了一帖
药方，让他的老夫人用五谷杂粮各一斤，煮熟后制
成药丸，外面粘上朱砂，让病人一顿吞下。沈槐见
了，不禁哈哈大笑说，哪有这样的药方，这岂非要
把我撑死？真是"愚医一个，愚医一个也！"说完，
就把所有药丸装进口袋，悬挂在屋梁上，每天见到

它，总要讽笑上几回。就这样，笑到第三天，他对老夫人说，想要吃饭喝茶了。到了第七天，张仲景登上门来，见他正在大口吃饭，连声道喜说：恭喜恭喜，恭喜先生病体痊愈。接着便语重心长地说：先生何必要为膝下无子继承大业而伤感忧闷呀！我这愚医，不就是你的学生吗？一席话让沈槐醍醐灌顶，茅塞顿开，便说了句"哦——愚者智也！智者愚也！"张仲景听他话中有话，便当即跪下去说，恩师在上，请受愚徒张仲景一拜！由此，在以后的日子里，名医沈槐竟将自己全部的看家本领，传授给了张仲景。陈阿姨，这故事你喜欢听吗？

陈：（白）愚者智也，智者愚也！（鼓掌）太精彩了，太精彩了！

等我脱下红马夹回到单位，一定要把这个故事讲给大家听，让大家开心开心。（此时，君突然想起）

君：（白）哦，我得查一下笔记本电脑了，看看昨夜有没有邮件发到！唉——不带手机，还真是有利有弊呀！

陈：（白）是呀，你能戒得了手机，可真是不容易呀！家里人也想念你了吧？（杨君吾微笑颔首）还有，你单位有事找你俫怎办呢？

君：（白）是啊，尤其是我女儿。我来山庄前，她与男朋友约定除夕日到民政局登记领证，也不知有啥变化？不过，单位有事还是可以找到我的，（拿起笔记本电脑）诺，这里头不是还有邮箱吗？哎，一场突如其来的疫情，一下把原来的社会节奏都打乱了。哦，对了，陈阿姨，你这是要替房间消毒吗？

陈：（白）不急、不急！琴师先生，我这是先在公共走道喷点消毒剂消消毒。让客人们清早起来，做做操、散散步的时候会安全一点。我看老先生你眼皮红肿，昨夜一定没睡好！等会漱洗定当，吃完早餐，不妨到湖滨大道走上几步，做做有氧运动，呼吸点新鲜空气。趁这个时候，我再把你的房间打扫一下，消消毒，你看好吗？

君：（白）哦，好、好、好！陈阿姨呀，这几天来，我一直在注意你，看样子，你不是一个普通的旅馆服务员，看你做事沉稳，说话有条有理。文化修养不俗啊！

陈：（白）先生好眼力啊，你猜中了，我不是服务员，我是刚刚从湖州医院退休的一名护士长。前段时间疫情突发，按照上级精神，要严防严控，镇政府防疫站要求我们这些退休在家的医护人员穿上红马甲，争当志愿者，分散到各相关的景点、旅店、宾馆，宣传

防疫知识，指导防疫工作。不过，从今天起，湖州
地区解封了，公交车也恢复通车了。

君：（白）那好，那好！哦，陈阿姨，原来你是位老护士，怪
不得行为举止，让人倍感亲切。陈阿姨啊，我们还
是同行呐！我啊，不是作家，也不是琴师，与你一样，
是个退休返聘的中医师。

陈：（白）啊？还真是同行呐！怪不得又是张仲景，又是沈槐，
博古论今头头是道。老先生返聘在哪家医院工作？

君：（白）我是被原单位东海中医药大学附属浦光中医医院返
聘的。我的名字叫杨君吾！

陈：（白）杨君吾——啊呀！你就是大名鼎鼎的杨教授啊！10
年前，我们医院组织一批医生护士到你们浦光中医
医院学习取经，我是其中的一员。还听过你的精彩
讲座呢！你提出的"门诊七言医诀"，通俗易懂，
我现在还记着呢！

君：（白）是吗？

陈：（白）嗯，不信我背给你听？（杨君吾微笑颔首）
（唱）望闻问切莫缺一，

基因本因弄仔细。

欲将百草治百病，

须知百病成因异。

抓住细节细分辨，

对症下药愈可期。

开出药方勤随访，（甩）

有效无效留个底。

君：（白）杨教授，我没背错吧？还有那本你签过名的小册子，
我保存得好好的呢！上面还有侬现场开讲的照片呢！

君：（白）哦，没错、没错，一个字都没错！不过，唉！（走
向前台自语）

（唱）陈阿姨，纯洁无瑕真天使，

杨君吾，此时此刻，不知何处藏羞颜？！（扶
首击额）

她怎知，老院长身故留"医经"，

"七言医诀"成经典。

我却是，名利道上生歹念，

偷摘杏果，还要大言不惭装圣贤。

如今木已成舟悔也迟，（甩）

唯有勇敢面对正本清源把灵魂洗。

（白）唉，我是 60 多岁的人了，余日无多，如果再不幡然
醒悟，有朝一日被人揭发，岂非毁了一世英名？

（杨君吾思考中忽然膝盖一软，打了个趔趄）

陈：（白）杨教授，你怎么啦，身子不舒服吗？要不要……

君：（白）（急忙摇手）不、不、不！（略为沉思之后，忽然，他双手以拳击掌）罢、罢、罢！我杨君吾既然想把真相大白于天下，就应该拿出点勇气，毫不畏惧地开出第一步。（便走向前台，后又转身对陈）陈阿姨啊，你先看看这个吧？（拿起《百姓医经》手抄本给陈）（陈接过翻开扉页，见七言医诀，脱口说）

陈：（白）百姓医经！？沈之方著，这，沈之方是谁呀？噢，我明白了，这一定是你用来处方的别名吧！

君：（唱）这"七言医诀"非我写，（甩）

是另一位，抗疫烈士的大手笔。

（乐声骤起，气氛突变）

陈：（白）杨教授——侬（君又一次摇头又摇手）

君：（继白）偷天换日，流毒甚广，流毒甚广啊！（再次摇头又摇手）……陈阿姨，你刚才说从湖州市开往东海市的公交车，也全面恢复了？

陈：（白）是的，千真万确！

君：（白）陈阿姨，好消息啊！既然公交已经通航，我准备现在就回东海市去了。（君回头就收拾整理，陈惊奇

地望着他。灯光渐暗，直至熄灭。余光里，陈帮着
杨将《百姓医经》，笔记本电脑塞进背包，然后背
起胖鼓鼓的双肩包，末了，君手推旅行箱欲下，回
头对陈）湖州到东海，再到单位，总共才四小时路程，
好，我们再见了！

陈：（白）真是归心似箭啊！（瞥见古琴，提醒君）杨教授，
别忘了这古琴啊！（杨止步，回头走向古琴，伸手
狠命拢了一把，古琴"嘭"地一声，然后望了望陈）

杨：（白）唉——弹了它几十年，却总弹不出克己匡人的音律，
要来何用？陈阿姨，这古琴就留给你了，留个纪念吧！
这样一路上我也可以轻松一点！（说罢匆匆下场）

陈：（白）（走到台前，像是一头雾水，忽然之间晴转多云）
狄呃到底是俫恁桩事体呀？哎呀，不好！（便向远
处招手）杨教授，要先办好随申办健康码呐！否则，
上不了公——交——车——啊！

（注：狄呃：沪语方言，意为"这个"。俫恁：怎样。）

（幕下）

下 集

第五场 虎不食子

时间：同第三场

地点：同第三场

人物：杨玉贞，沈宗良，田小婉。

台景：接第三场景

（玉贞在幕后起唱，边唱边上场）

玉：　　（唱）自从宗良得心梗，

　　　　　　玉贞我，像万把钢刀刺心房。

　　　　　　几次想来看看他，

　　　　　　偏偏是，药研任务不能放。

　　　　　　好在宗良已脱险，

　　　　　　几天来，视频通话帮大忙。

　　　　　　今日传来上级批准好消息，（甩）

　　　　　　便立马抽身来探望。

　　　　　（玉贞上场，寻找宗良病房，想呼喊宗良又觉不妥，巧

　　　　　遇一护士走过，便上前做手势无声问话。）（护士
　　　　　不答话，用手指了一下）

玉：（白）谢谢，谢谢！（玉贞走进病房，顺手除下口罩，悄
　　　　　声走近宗良病床，见宗良斜靠枕上。微闭双眼，便
　　　　　俯身轻声呼叫）

　　（继白）宗良，宗良——

　　　　　（睁开双眼，见是玉贞，不免一阵惊喜，扭动身子想
　　　　　要坐起，玉贞见状，急忙伸手劝住。一瞬间，玉贞
　　　　　心头略过一阵酸楚，不禁眼眶一热，泪水难禁，急
　　　　　忙背过身去。）（幕后合唱）

幕后 （合唱）真所谓，英雄只怕病来磨，

　　　　　　　纵是少壮也难抵抗。

　　　　　　　往日潇洒今不见，（甩）

　　　　　　　叫人如何不悲伤！

玉：（白）宗良，我来看你了！

良：（白）（宗良觉察玉贞伤心便佯装轻松）玉贞，今天怎么
　　　　　有空来医院了？

玉：（白）哦，是老天开眼，总算让我们透了口气，今天一早。
　　　　　陈所长接到药监局电话，说是新药"金菊清瘟"喷
　　　　　剂的配方。已获权威部门批准。就是说不再需要反

复试验。所以，林所长让我抓住机会赶紧来医院探
望你呢！（宗良一听，欣喜若狂）（玉贞环顾四周）
怎么不见田护士啊？

良：（白）哦，正在外面花园，与姆妈交谈呢！玉贞，恭
喜侬呀，你真像上帝派来拯救苍生的天使。从
此中华大地，又多了一种抵抗病毒的新式武器，
好呀，好呀！玉贞，快过来！（玉贞靠近他）

玉：（白）看侬啊，高兴得像小囡一样。宗良，知道吗，这抗
病毒新药的研制成功，离不开你在武汉抗疫时，百
忙中给我发回来的感染病人临床治疗情况，让我们
有了清晰的研究方向。（玉贞说着说着靠近宗良床沿，
宗良见状，想一把将玉贞揽入怀中，正要亲吻忽然
发现她未带口罩，便急忙将她推开。）

良：（白）侬，没带口罩？

玉：（白）（从口袋里摸出口罩）这不是吗？都快三个月没见了，
不想看看我这失色的芙蓉啊？

良：（白）怎么不想啊？我都快想疯了！在我眼里，你花容月貌、
沉鱼落雁，永远不会失色。（深情地看看玉贞，玉
贞正想戴上口罩，宗良却按住他的手）别戴了，别
戴了，侬不讲，我……（良又一次想将玉贞抱进怀里）

（玉贞以手挡住）

玉：（白）宗良，我们还是忍一忍吧，全国的抗疫已取得全面
　　　胜利，但依旧不能麻痹，我们东海市是国际化大城市，
　　　每天还有从境外输入的零星病例，不可疏忽呀！（宗
　　　良轻轻推开玉贞）

良：（白）侬讲得不错，只恐怕……唉——（欲言又止）

玉：（白）宗良侬，侬想讲啥？（宗良不语，玉贞再次催促）
　　　快讲啊！

良：（白）唉——我这双腿不知道还能不能站起来哟！（说着
　　　精神沮丧）

玉：（白）宗良，现在侬这双腿到底怎么样啊？

良：（白）玉贞啊——

　　　（唱）玉贞你听我说真相，

　　　　　　这一次，我心梗的情况很反常。

　　　　　　发病的症状不算重，

　　　　　　但是后遗症状不理想。

　　　　　　一般人，一旦供血被疏通，

　　　　　　就不会再有大影响。

　　　　　　可是我，至今已过三天整，

　　　　　　这双腿，仍然发麻像针刺样。

　　　　　　　刚才母亲来探望我，

　　　　　　　这异常情况我不敢讲。

　　　　　　　玉贞啊，万一我从此双腿残，（甩）

　　　　　　　往后的残局怎收场？

玉：（白）（急忙制止）宗良侬讲啥啊？

　　　（唱）宗良你莫要太懊丧，

　　　　　　　这五谷之躯，谁能一帆风顺无痛痒？

　　　　　　　钟院长，他几次电话安慰我，

　　　　　　　让我莫急莫愁莫忧伤。

　　　　　　　他说你，平时体质很强健，

　　　　　　　那能会，一遇风浪就难抵挡？

　　　　　　　但等那，雨过天晴阳光照，（甩）

　　　　　　　你还是，一个春风拂面、活跳活溅的男儿郎。

良：　（唱）玉贞你说得非常好，

　　　　　　　但是自然法则不可抗。

　　　　　　　即便是，双腿致残我不害怕，

　　　　　　　怕只怕，累及他人难补偿。

玉：　（唱）　宗良你，千万别再多思想，

　　　　　　　放宽心思把身体养。

　　　　　　　我们夫妻同船渡，（甩）

　　　　荡开双桨迎风浪。

良：（白）话是讲得不错，可是我现在这副样子，唉，不说了！

　　　　（情绪低落）

玉：（白）宗良，你不能这样自暴自弃丧失信心，我想，只要
　　　　找到你双腿发麻的根源……（宗良摇手）

良：（白）谈何容易啊！

玉：（白）确实不容易，但不是不可能，听钟院长说，从今天
　　　　仪器监测反映的数据来分析，你的智力和记忆，已
　　　　经全部恢复到发病之前的状态。这就说明你的大脑
　　　　中枢神经元已经完好无损。所以，他也在翻阅药经，
　　　　为你寻找致病的根源！不过，最要紧的是你自己先
　　　　要有信心，记得你以往对我说起过，信心是抵抗疾
　　　　病的有力武器，偏恁轮到你自己就……

良：（白）上身容易脱身难啊！玉贞啊，我就对你直说了吧，
　　　　现在我最放心不下的不是我自己，而是你啊。这两天，
　　　　我一直在想，我这双腿若要康复，怕是三年五年都
　　　　办不到，要真是这样，你今后的日子，可怎么过呀！
　　　　还有你母亲，她本来就不同意你嫁给我……

玉：（白）（玉贞打断他）宗良，你多虑了，有道是，车到山
　　　　前必有路，船到桥门自然直。（宗良摇手）

良：（白）可是你现在怀有身孕，今后的行动将越来越不方便，
所以我想……

玉：（白）你想做啥？（宗良不语）（玉贞捂着自己肚子）哦，
兜了这么大一个圈子，莫非你是要打他的主意？

良：（白）是的，这孩子来得不是时候呀！趁现在胎儿还未成
形，还是先终止妊娠吧！（音乐声骤起）

玉：（白）你讲啥？俗话说：虎不食子，鹰不弃雏。你真要做
啥做？

良：（白）（毅然地）嗯，中止！（玉贞大惊，脑袋嗡的一下，
瘫坐在旁边的椅子上）玉贞啊，我现在正懊悔去武
汉前夜的那一次情感冲动，要不，就不会让你面领
做啥大的被动。

玉：（白）侬讲啥？懊悔？被动？宗良，我不认为你这个想法
是在关心我。恰恰相反，我觉得侬非常荒唐非常懦弱、
简直是活脱脱一个懦夫。好了，希望你不要再说下
去了，我相信我的眼光，相信我1500多天与你相处
中的感受，我不认为那天晚上发生的是一次冲动，
而是我们相爱5年多后一次水到渠成的结合。我也
不觉得被动，老话说，五百年修得同船渡，一千年
修来共枕眠。从那天起，无论狂风暴雨，飞砂走石

我都准备着要和你一起经受。

良：（白）（玉贞的慷慨陈词，让宗良深受感动，他伸出双臂，
　　　玉贞扑上前去）玉贞，宗良对不起你了！（两人拥抱）
　　　其实，我哪舍得对孩子下手，我是怕连累你啊！

玉：（白）宗良，从今天起，不能再胡思乱想，要记住自己说
　　　过的话：信心，也就是中医说的肾阳，那是抵抗疾
　　　病最好的药方。（这时候，田小婉送走宗良母亲后
　　　回病房）

田：（白）（见两人正在亲热，故意背过身去，咳了一下），哟，
　　　是杨博士呀！（玉贞慌忙站起）

玉：（白）田护士，你好！这几天辛苦侬了！

田：（白）不必狄恁客气！杨博士，你比手机屏幕上的形象好
　　　看多了，真漂亮！

玉：（白）老了，30岁啦，老话说"男人三十杨柳青，女人
　　　三十半世人"了。哦，田护士呀，今天我来，一是
　　　看看宗良，二是要谢谢你的救命之恩。

田：（白）不用，不用，你在手机里不知谢过我多少遍了！

玉：（白）田护士，手机里的感谢，那是云里雾里的，今天我
　　　是要当面谢谢你。（认真鞠了一躬）（然后回头从
　　　背包里拿出一个精美的纸盒）小田呀，大姐我送你

89

一条丝围巾，留个纪念！不知你是否喜欢？

田：（白）（接过礼物）谢谢大姐，（田护士转身放到床头柜上）

我喜欢！

玉：（白）勿想拆开看看？

田：（白）勿用拆，杨博士送的礼物，不管是啥，我都喜欢。

（稍顿）杨博士，我有一个想法，不知该说不该说？

玉：（白）哦，说吧，想讲啥尽管讲！

田：（白）杨博士——

（唱）这几天，沈医生双腿发麻难下床，

专家们，现场会诊一趟又一趟。

但是几次用药不见效，

康复依然很渺茫。

记得我们援鄂刚刚到武汉，

疫情形势很紧张。

新建的方舱医院条件差，

医生们，诊间休息也难保障。

沈医生，他日夜守候在重症房，

困了只能就地倦缩在外走廊。

就这样，又冷又湿一月多，

会不会，让寒气湿毒把身子伤？

玉：（白）（玉贞听后，顿觉茅塞顿开）：对呀！对呀！对——呀！

（接唱）小田呀，你的提醒很重要，

我们杏林人，对湿毒致病早有防。

这几天，大家的心情很紧张，

却是慌不择路把医论忘。（边说边走近宗良）

宗良你，对此提醒怎么看？

良：　（唱）田护士，她并非无端瞎猜想。

记得当年我念高中时，

偶尔把，父亲的《百姓医经》翻几张。

看到了，湿毒病例有好几样，

还有特效药方药名剂量都写清爽。

只可惜，这"百姓医经"已失传，（甩）

再要看它，除非东海洋里蓬尘扬。

（白）听我母亲说起过，当初这医经是我父亲形影不离的宝

　　　贝，抗非典时，他把它带到了北京。但当他牺牲后，

　　　你父亲带我们娘儿俩去北京接回他的灵柩，以及他

　　　的遗物时，却没有看到这本医经了。不过我母亲说，

　　　反正他人，都走了，就随它去吧。这以后，这件事

　　　也就慢慢淡忘了。

玉：（白）正可惜啊！（稍顿，她走近宗良）这样吧！现在已

临近中午了。等我到医院食堂吃过中饭，就跟钟院长通个电话，让他安排时间见我一面，我要把田护士反映的情况向他汇报一下，不管怎样，我现在感觉心头好像有盏灯点着了，我要把它拨拨亮，让你再次站起来。（玉贞回头把背包里为宗良买的食品放在了床柜上，然后叮嘱田护士）妹子，我把我爱人交给你了，我走了，宗良拜拜！（下）

幕后合唱： 莫以为，山重水复疑无路，

却原来，柳暗花明又一村。

年轻护士一句话，（甩）

像东方升起启明星。

——幕下——

第六场：遗方救儿

时间：紧接前场的当天下午。

地点：浦光医院院长室。

人物：钟土豪、杨君吾、杨玉贞、司机。

台景：天幕上，App 投影一位长髯飘逸的明代药师李时珍的风采，
他身背药篓，手握短柄药锄，在起伏的群山中，正攀爬
在一处陡峭的山坡上，挥锄采药，左上角一本名曰"本
草纲目"的药书，四周散发着缕缕光芒。下方，一枝放
大了的红芯白瓣杏花特写镜头交相辉映。

天幕前下方是一条左右相通的通道，里边一排栏杆，古
味浓郁，另一边为院长室门窗，中间是出入门口。室内
一张院长办公桌，几只低柜，及沙发、茶几等一组接待
设施。办公桌上设内线电话一架。

幕启时：幕后传来汽车喇叭声，过后，医院司机小刘上场，他
走近办公室见钟院长全神贯注在翻阅文件，便轻声

　　　　　敲门示意，钟院长没有抬头，说了声"请进"，继
　　　　　续翻阅。

钟：　（白）请进！（司机进门）

司机：（白）钟院长，根据你的指令，除了沈大夫，田护士，
　　　　　所有援鄂归来，隔离期满的医生护士，现在已全部
　　　　　安全护送他们回家团圆。（钟起身走近小刘司机）

钟：　（白）好啊，好啊！刘师傅，你辛苦了，谢谢啊！（看了
　　　　　下腕表）哦，快到一点了，赶快去食堂吃中饭，再
　　　　　晚食堂怕要收摊了！

司机：（白）好好，那我走了，钟院长，有事就通知我！

钟：　（白）哦，我忘了，他们回家去，所有的行李是否再消
　　　　　过一次毒？

刘：　（白）消了，消了，那家宾馆在这方面做得非常负责，
　　　　　非常到位。

钟：　（白）很好，很好。（司机转身走了，办公桌电话响起铃声）

钟：　（白）（拿起听筒）院长室，请讲！哦，专家组吗？噢，
　　　　　是问我有什么事啊？是的，是的，五分钟前我打过
　　　　　你们电话，是想了解一下沈忠良医生的病史，还要
　　　　　问一下，你们专家组是否有更好的治疗方案？对对
　　　　　对！你们是尽职尽责了，但我还是希望你们尽量多

翻阅一些资料，寻找出沈医生下肢麻痹的根源，辛苦俩了！（刚放下听筒，听到门口点击声，转过身去见是杨君吾）（白）哎呀！是杨教授啊，总算把你盼回来了，快请坐，请坐！（杨君吾放下行李，落坐，钟急忙倒茶）

君：（白）三天前，我的邮箱接到你发的邮件，急得当天就想回家，只是湖州长途客车直到今天才正式恢复，好在这半个月里，我没离开太湖山庄一步，所以，今天一早当地防疫机构就给我办了随身码，乘上了第一辆开往我伲东海市的大巴，因为情况紧急，一出车站我便顾不得先回家，就急着往医院来了。

钟：（白）杨教授啊！你的爱徒，哦，不，不，不！现在应该称爱婿了，那天他突发心梗，应该说各方面的治疗还算顺利，没想到连前搭后快三天了，可是他的双腿仍然发麻，无法站立，专家组的中西医已会诊了好几次，目前还是找不出腿麻的根源。

君：（白）（若有所思）钟院长，依我看，我女婿的病，作为心梗，应该已经结束，双腿麻痹，其实是并发的另一种症状，这就得按照辨症施治的原则，拓开思路，去寻找别的致病根源。

95

钟：（白）对对对，杨教授你这一说，我的心里也有点亮堂了。

杨教授啊，宗良医生不仅是你的女婿啊，他还是三代杏林世家仅存的宗脉啊！哦，杨教授这次去湖州，你的《杨氏医论》整理得怎么样了？

君：（白）钟院长，对我来说，就你说的其中一个身份 ，"女婿"这两个字已经可以压倒我这个泰山了。因为他，我的《杨氏医论》已经不重要了。

钟：（白）杨教授，我们中华文化，几千年来都把老丈人比作老泰山，哪有女婿反过来压倒老泰山的道理啊？

君：（白）钟院长，说来话长啊！侬记得 10 年前我们浦光中医院上了"东海日报"头版头条这件事吗？

钟：（白）（先是一愣，后拍了一下脑袋）哦，记得，记得！那不是因为你一帖奇方，一枚银针，把双腿麻痹，一个月不能下床行走的病人，一下子给治好了的事吗？嗨呀！这件事啊，不仅让你杨教授的大名一下子响彻东海全市，还让我们中医药事业也扬眉吐气，火了一把，同时，还说明我们中医药事业前途无量大有奔头啊！

君：（白）可是钟院长啊，就因为这件事，到了今天，已成为我不敢回首的往事了！

钟：（白）杨教授，这话从何说起呢？

君：（白）前三天，当我收到你发的邮件，知道我女婿下肢不能动弹的信息后，让我这两个晚上无法入眠。钟院长，我对你直说了吧！首先，10 年前的药方，用在我女婿身上 是否对路，我还不知道。其次，即使对路，我也无权使用，因为……

钟：（白）杨教授，你这话，我听不懂呀！这药方是你自己的研究成果，侬怎会无权使用？

君：（白）不是的，这个药方不完全是我的研究成果，而是我女婿父亲，我们浦光医院 17 年前的老院长沈之方的。如果……

钟：（白）哎呀，我越弄越糊涂了，沈院长他已故去 17 年，侬怎这事情跟他扯上关系了？

君：（白）钟院长，你稍等！（起身拿过行李箱，然后拿出一只木盒并打开取出"百姓医经"）钟院长，你先看看这个吧！（钟接过医经，玉贞上，在门外窥见父亲，觉得惊喜，正想叫出声来，又觉不便，便躲过 一旁。）

钟：（白）"百—姓—医—经"？（转身对杨）杨教授，这个？

君：（白）好吧！钟院长，侬还是我伲中医医院的党委书记，今天，我就郑重的向组织做个交代吧！那是 17 年前——

（唱）北京爆发"非典"病，

市民们，一个个都慌了神。

中央领导，果断及时发号令，

要我们东海市，抽调力量援京城。

只因为，我们浦光医院防疫抗灾有经验，

这一次，自然责无旁贷打头阵。

老院长，亲自率队上北京，

留下我，代理他，把医院行政来统领。

一晃援京三月多，

终于将，万恶的病毒束手擒。

谁知临近得胜归，

他却在，小汤山畔最后一战献生命。

三天后，上级来电通知我，

要我带领，沈家母子，上京领回烈士灵。

就在整理英雄遗物时，

我看到了，老院长留下的经一本。

那封面上，"百姓医经"四个字，

瞬间将我来吸引。

古往今来"皇帝内经"人皆知，

这"百姓医经"谁曾闻？

钟院长啊，我扪心自问说真情，

一开始，我只是一颗好奇心。

再说我们那个年代书太少，

纵有上进心，也无阶梯可攀登。

这"百姓医经"虽然是手抄本，

闲来开卷，也能聊以慰藉寂寞心。

更以为，老院长已经骑鹤去，

这医经，也许一不留神会陷世尘。

于是我，决定把医经带回家，

却是心安理得毫无羞耻心。

之后我，17 年重复翻此经，

越翻心中越兴奋。

精辟之处细思辨，

连连拍案暗吃惊。

原来这医经是无价宝，

是老院长，30 年亲诊集大成。

皇皇经书 500 页，

页页闪光藏金银。

我曾经亲自一一做验正，

几乎是，张张药方，药到病除有效应。

特别是，那疑难杂症 100 例，

每一例，都把症状病源、处方药量全标明。

从此后，我像意外挖开了大金矿，

让对症病人起死还魂获新生。

从此后，一篇篇论文得发表，

一项项荣誉加我身。

声名远扬华东区，

邀请信，一天能收好几份。

真所谓，春风得意马蹄疾，（甩）

一日跑遍长安城。

殊不知，春光虽好有逝日，

只怕秋来叶落尽。

若将冷眼看螃蟹，

横行到头终须停。

有道是，10 年身到凤凰池，

10 年窗下无人问。

一旦真情被揭露，

这面子，定然被刮到脚后跟。

最坍台，这次到湖州编书稿，（甩）

居然想，把医经作者改成我的名。

所幸那，山庄寺庙钟声沉，

一声声，像震我大脑击我心。

若是继续行不义，

头上神明，定会拔剑劈我身。

若是继续行不义，

我杨君吾，定会面子夹里都输干净。

若是继续行不义，

我将何以告慰烈士亲家乃翁魂？

若是继续行不义，（甩）

从今后，我有何脸面见子孙？

现在宗良的治疗陷困境，

我相信，这百姓医经定能指迷津。

与其患得患失顾自身，

不如还经救子定乾坤。

只要宗良双腿能康复，（甩）

那怕我名誉扫地也甘心。（说罢涕泪交加）

钟：（白）杨教授啊！

　　（唱）你真心实意一腔情，

　　　　　像廉颇负荆道心声。

101

想勿到，烈士身后还留医经，

一片丹心为百姓。

虽然这医经是我初次闻，

短短长长道不明。

但我相信你，17年亲诊做验证，

科学价值不会再有疑问。

老院长，他功不可没写医经，

杨教授，你组方验方同样该肯定。

真所谓，前因后果难预判，

你能走出迷局，无疑是人生一大幸。

曲折离奇功与过，（甩）

还是留给后人再评论。

（白）杨教授啊，你是跨过花甲的人了，心里负担不能太
重啊！我知道你最担心的是"侵权"两字，从著作
权来说，这"百姓医经"的继承人，自然应该是宗
良医生，可他现在是你的女婿，那这件事不是就简
单得多了吗？我们共产党人信奉的是辨证唯物主义，
人世间有些事不只是对与错之间的关系。依我看，
你的《杨氏医论》如果换一种角度正常出版，那么，
它将不仅是你杨教授对中医药研究做出的重大贡献，

也是对老院长《百姓医经》最有力、最接地气的科学佐证，使老院长的《百姓医经》具有更实际的现代应用价值。这种一箭双雕的事，何乐而不为呢？

君：（白）（苦笑一下，微微摇头）钟院长，宋代有本叫《医工论》的医书里说："为医之道，必先正己。然后正物，"还有明朝有位郎中说过："未医彼病，先医我心。"我给宗良看病，总得先汰汰手消消毒啊！好了，不研究了，所谓尽人事，顺天意，任其自然吧，还是说说宗良的事吧！

钟：（白）哦，好啊！关于沈医生的事，你女儿上午打我电话，说是田护士向她提供了一个重要信息。因为，电话里说不方便，我约她今天下午三时来院长室商量（看了看腕表）对，就这个时候！（门口三声点击声）（钟抬头见是玉贞）哟，还真是说曹操，曹操到，杨博士快请坐。（急忙倒茶）（玉贞环视室内，见父亲坐在一旁上前招呼，并亲昵地坐到父亲沙发的扶手上）

玉：（白）爸爸，你回来了？

君：（白）嗯，刚到！哎呀！这曹操，可真是个大好人啊，你看无论男女老少，只要一提到他，他转眼就到。

钟：（白）（听君言，忍俊不禁）哈哈哈，杨教授你真是个性

情中人,忧急之中 还不忘来一段幽默。(递茶给玉贞)

玉：（白）（接过茶）爸爸,三个多月不见,你老多了,也瘦多了!

君：（白）你30多了,我能不老吗?好了,你不是有信息要告诉钟院长吗?偲悫,我可以听听吗?

玉：（白）求之不得!有你老爸亲自出场,我老公康复更有希望,爸,我老公知道你回来了吗?

君：（白）侬看,侬看,还没举行婚礼,就横一声老公,竖一声老公,不怕难为情?

玉：（白）爸,你是中医大学的客座教授,不会不懂法律吧!你亲口答应我,让我大年夜趁民政局没放假,就登记结婚。

君：（白）嗯,不错,可是你们什么时候对老爸老妈行过结婚大礼了?

玉：（白）不因为疫情吗?还有,这三个多月,你往湖州一躲,一直信息无通,家里事都抛到天上去了,（忽有所思）好,那我现在就对你行大礼了!（说罢,欲跪下）

君：（白）不不不,（急忙阻止）这不算数,这不算数,结婚大礼一拜天地,二拜父母,这是要夫妻双双一起拜的。

玉：（白）爸,你这不是难为他了吗?你看他现在这副样子,

站都站不起来，你让他怎么拜呀！（说罢，悲从中来，转身用手蒙眼）

君：（白）会站起来的，会站起来的，要不了一个月。爸爸还你一个雄赳赳的好男儿！（边说边靠近女儿，半搂着女儿，拍了拍她肩。）

玉：（白）真的？（君点点头）啊呀！太好了，太好了，我就知道老爸你一出场一定会雨过天晴，阳光明媚。

钟：（白）看你们父女两人一见面就如此亲密无间，真羡慕啊！好啦！杨博士，我们还是抓紧时间言归正传，你不是还有重要信息吗？

玉：（白）是的，有两条，第一条，今天早上8点，我们研究所接到正式文件，由我第一次独立担纲研发的抗疫新药"金菊清瘟"喷剂，已得到药监局的正式批准，马上就要安排批量生产，支援抗疫前线！（钟、君两人听后激动，同时站立起来）

钟：（白）好啊，好啊（两人鼓掌），这样，我们中国的抗疫战场又添了件新式武器啦！（再次鼓掌）

君：（白）（默默走近玉贞，一把将她揽入怀中）玉贞，你长大了，可以为国家挑大梁了，爸爸为你高兴，为你骄傲！

钟：（白）好，杨博士，这件事就完了，说说第二条吧！

玉：（白）第二条，就是宗良的病况，据田护士向我反映——

（唱）宗良他，初到武汉抗疫情，

条件艰苦人手紧。

医生们，要一个人应付几十人，

连喝水，方便也难搞定。

连续加班是平常事，

累极了，只能在走廊壁角打个盹。

宗良他，从来不会"偷势怪"，

常常身先士卒，来回穿梭忙不停。

直到各方面条件都好转，

转眼已是半月整。

会不会，让湿毒寒邪侵入身，（甩）

到如今，趁机发作成并发症。

钟：（白）小田护士反映的情况非常重要，值得我们好好思考！

（唱）此说并非空穴来风，

这些天，我也是茶不思饭不宁。

抗疫是一场遭遇战，

岂能按部就班，从容不迫顾自身。

寒邪湿毒虚无形，

像潜伏特务，时时处处把真身隐。

有朝一日机会临，

就会乘机作祟露狰狞。

宗良他，非常时期得非常病，

十有八九有可能。

（白）杨教授啊——

不知你对此俅恁看，（甩）

不妨共同来讨论！

君：　（接唱）小田这孩子真细心，

想必她，将来定有好前程。

三天前，我得知宗良双腿麻，

也曾细思苦想好一阵。

料他病因多半从风湿起，

但不知，这风湿源头往哪里寻。

今日听了小田话，（甩）

让我眼前一亮心里明。

武汉原本湿气重，

三江重镇在水上汆。（注：汆【tǔn】即漂浮。）

当地人，土生土长成习惯，

外来人，明显会有不适应。

有道是，风寒湿暑不离身，

　　　　　总有湿毒后面跟。

　　　　　别以为，走廊壁角只是打个盹，

　　　　　要知道，湿邪偏爱劳累人。

　　　　　偶染风寒事还小，

　　　　　长此以往，势必留病根。

　　　　　宗良他，"心梗"只是一过性，

　　　　　确是风门大开像城门撤掉了防卫兵。

　　　　　于是湿毒乘虚入腰椎，（甩）

　　　　　侵蚀神经，终至双腿得麻痹症。

　　　　　常言道，苍蝇不叮无缝蛋，（甩）

　　　　　话不恰当理喻明。

玉：（白）（钦佩状）哎呀！老爸你不愧为风湿科神医，针灸科专家，这里里外外一剥开，就什么都看清楚了。

　　　　爸爸——既然宗良病源已确认，要尽快，把治疗方案来制定下来。

君：（继唱）叫声女儿你莫性急，

　　　　好人自有天照应。

　　　　老院长，生前为百姓留医经，（甩）

　　　　定然想不到，这传奇药方会救亲生。

　　　（白）钟院长，请你把"百姓医经"翻到299页，查看"湿毒致病"第9例。（钟翻书，玉贞听到"百姓医经"

四字，十分诧异）

玉：（白）（走到前台自语）百、姓、医、经？会不会就是宗

良他爸爸留下来的百姓医经呢？（紧跨几步走近钟）

钟院长，这医经……

钟：（白）（单手示意）哦，杨博士，我知道你想说什么，但

现在不是时候。等到宗良医生的病痛解除，你一定

会知道这个谜底。（说完，继续翻书，杨玉贞在焦

急中等待。一会儿，钟手捧经书走到君吾面前）

（继白）杨教授，找到了，这个案例记录的是1988年11月

里的事，是东海养殖场一位51岁的养鱼渔民，在病

毒性感冒中发高烧，双下肢突然麻痹，等到高烧退去，

双腿还是不能站立，便经人介绍，专车前来问诊老

院长。老院长刨根究底摸清了底细，确定他是由于

长期浸泡在水中作业，被日积月累的湿毒侵入腰部，

压迫腰椎神经，于是，老院长参考《本草纲目》，

微量试用了曼陀罗这味剧毒草药，并君臣使佐加减

了其他药味，组成"新伏湿汤"，给他祛湿拔毒。

同时，配以针灸加霍火罐引毒……（钟说到此处，

杨君吾继白）

君：（白）（熟悉地接过活）不错，这个大胆尝试的"新伏湿汤"，只服了三帖，第四天，这位渔民就摇摇晃晃站了起来，第五天，他就可以走路了。不过这次试方拔毒，老院长为确保安全还特地准备了"解药"。这里边还有附录：试药第二天，老渔民全身剧烈颤抖，让老院长吓出一身冷汗。但他料定，这是药毒与湿毒打斗造成的反应，所以坚持服药，最终获得了成功。

钟：（白）哎呀，真所谓"药对方，喝口汤"，看来老院长也是煞费苦心，冒了极大风险，要是换了别人……

君：（白）这还用说吗？"手里有粮，心中不慌！"要是换上我杨君吾，早就用上预先准备的解药了。

钟：（白）不入虎穴，焉得虎子？有了这次成功，对于我们后来者来说，前面的道路就平坦多了！现在看来，宗良医生的病势与这位渔民十分相似，杨教授，我们是不是可以沿用这个药方？

君：（白）应该可以。因为宗良的年龄要比医经记录的那位渔民年轻好多，所以，耐受药毒的能力一定会更强，药反应肯定会小一些。这是有利条件，但我们还得要谨慎小心，服药后，要定时请西医验血验尿，仪器监护，随时观察尿血中的药毒含量。好在"百姓医经"里也记录了"解药处方"，我认为，成功的几率是不小的。只是这次试药，我们该向宗良医生交底，并得到他的配合，最后还要听听我们医院西医大夫们的意见。中西医联手，把握更大。

钟：（白）那好，今晚我马上召集专家们开会，这次会议，让小田用轮椅把宗良医生也推到会议室来，一起参加讨论。让他自己也表个态，还有，我想通知宗良妈妈！

君：（白）钟院长，你想得很周到。根据我的判断，这次试药，势在必行。如果不趁早拔毒，拖延下去，那么宗良的双腿，将会更加难治！

钟：（白）好，我明白了！（回头对玉贞）杨博士，你父亲一早从湖州赶回，一路上鞍马劳顿，到现在也没能休息，我想，你先陪他看望一下宗良医生，然后乘你的宝马一起回家，顺便弄几个菜，一家人也该好好团聚一下了！今晚好好休息一下，明天还有任务哦！

玉：（白）好的！（回头对君）爸爸，请吧！

幕后合唱：　　当年先人编医经，

　　　　　　白衣丹心为后人。

　　　　　　未料今日救亲子，（甩）

　　　　　　天酬人间好医生。

（合唱中，舞台灯渐暗，幕下）

第七场：教授曝私

时间：前一场的当天傍晚。

地点：杏林苑别墅小区。杨君吾家客厅。

人物：杨君吾、金若萍、杨玉贞，隐身人乔洋。

台景：天幕上，小桥、流水、杏林、别墅群。近处一株杏枝上，
　　　杏果初现，还有稀疏几朵晚开的杏花。中间小河的尽头，
　　　"天使亭"隐约可见。林中倦鸟还林，鸟鸣声此起彼落。
　　　台上客厅里、几张沙发，一张茶几，有几件茶具，两只
　　　杯子散放于茶盘外，显然是刚来过客人。

幕起时：（若萍在舞台左侧里角举起右手朝后台示意，与隐身
　　　人乔洋道别）

金：（白）下次回国，别忘了到我家来看看啊！

隐身人：（白）我会来看你的，阿姨，你请回吧！（若萍回身见君，
　　　　　立定观望）（此时杨君吾背个双肩包，手推行李
　　　　　箱来到家门口，按几下铃，却不见开门，便放下

　　　　　行李，转身环顾四周，不见人影，再回头看时，

　　　　　若萍已站在门口。）

金：（白）哟，我当是谁呢！原来是老东家回来了！门开着呢，

　　　　　请吧！（一手摊开掌心指着门口，阴沉着脸。）

君：（白）你看，你看，三个月不见了，讲闲话还是粳米不像

　　　　　粳米，糯米不像糯米！（说罢弯身提行李）

金：（白）半粳半糯已经蛮好了，再这样下去，我这嘴里要喷

　　　　　黄砂石子了！

君：（白）哟，甲状腺亢奋了？（瞟了一眼金）自己60出头了，

　　　　　心气还是狄恁不和！好好好，是我不好，三个月不

　　　　　通信息！（进门放下行李，回身和气地拉着金）先

　　　　　坐吧，有话好说，说完了，玉贞在外面买吃的也回

　　　　　来了，再开瓶"红葡萄"，三个人好好吃顿团圆饭。

　　　　　（温顺地拉金坐下，金满腹心事。半推半就坐进沙

　　　　　发。君走近茶几倒茶，拿起杯子，发现是热的）哟，

　　　　　这杯子还是热的！又是哪位老闺蜜上门来了吧！

金：（白）（没好气地）我还有什么闺蜜，就这么一个，这倒好，

　　　　　攀亲不成反成累了！

君：（白）（疑惑地）攀亲不成反成累了？这什么意思呀！（发

　　　　　现旁边银行卡）中国银行，嗬，还是外汇卡呢！

金：（白）人家是看中了我们家玉贞了！带儿子来相亲的！哦，
　　　　这小伙子叫乔洋，长得一表人才，确实不错，是留
　　　　学美国，定居夏威夷的侨民，还是外企一位金领。
　　　　第一次上门，说要孝敬我阿姨，一出手就送我三万
　　　　美元一张银行卡。小伙子真不错，与我们家玉贞特
　　　　别般配。

君：（白）（闻言丢下卡，又瞟了金一眼）听起来不错，可我
　　　　佢家玉贞不是登记了吗？（重新抽了个杯子，倒茶
　　　　给金）

金：（白）哼，离家三个月，别的不知道，玉贞登记你倒是清
　　　　清楚楚明明白白，就因为你闯的祸，现在这银行卡
　　　　变成了烫手的烂山芋。

君：（白）什么，什么？你这没头没脑、到底是倷恁回事啊？

金：（白）倷恁回事？你一个人在外面轻松惬意，屋里厢闹翻
　　　　了天！（生气状）

君：（白）好好，有事说事，有话说话，就是不要生气，说吧，
　　　　说吧！

金：（白）好，那你听着！

　　（唱）　去年倷，离家去湖州写论文，
　　　　　　没几天，我那知心闺蜜找上门。

　　　　　背后跟着个大青年，

　　　　　西装革履墨水镜。

君：（白）我知道，一定是她的儿子吧！

金：（白）别插话！（怒目瞪君）（君抬手致歉）

君：（白）好好好！你说，你说！

金：（继唱）她说儿子是美国留学生，

　　　　　今年正好 30 整。

　　　　　如今学成加入外国籍，

　　　　　受聘在制药公司当金领。

　　　　　年薪美金 30 万，

　　　　　与玉贞，郎才女貌好配衬。

　　　　　她说道，肥水不流外人田，

　　　　　有意把，金玉良缘来玉成。

　　　　　说罢摸出张外汇卡，

　　　　　说是给玉贞买点化妆品。

　　　　　我一听心里像吃了蜜，（君又插话）

君：（白）哦，闺蜜，闺蜜，还正是有蜜！

金：（白）又插嘴？（瞪一眼君）

君：（白）好好，不插嘴，继续，继续！

金：（唱）　　当场拍板就答应。

君：（接唱）　你这样是否太仓促。

金：（接唱）　错过机会，就怕踏破铁鞋再无处寻。

君：（接唱）　你三言两语就答应，

　　　　　　　我问你，你当玉贞是什么人？

　　　　　　　你早知，玉贞她，自由恋爱有对象，

　　　　　　　怎能够，自说自话一点不顾女儿心？

金：（白）我看你啊——

　　（唱）　　成天只知道写论文，

　　　　　　　不知道，这外部世界阴雨晴。

　　　　　　　如今是，大龄女子成婚难，

　　　　　　　朝谈暮弃，常有新闻在耳边闻。

　　　　　　　玉贞她，与宗良相恋5年多，

　　　　　　　若无原因，早就该结婚。

　　　　　　　看他们，原地踏步没动静，

　　　　　　　大概总是不太顺。

　　　　　　　倘若一旦红绳断，（甩）

　　　　　　　何处再择木栖良禽？

君：（唱）　　常言道，儿孙自有儿孙福，

　　　　　　　何必凭空瞎操心。

　　　　　　　有道是，船进桥门自会直，

倦鸟也知夜归林。

金：　　（唱）倦鸟也知夜归林，

也靠西山落日早提醒。

那天玉贞不在家，

我只能，随机应变先应承。

谁知当夜找她谈，

她却是，不理不睬不作声。

后来又，几次三番想劝劝她，

哪晓得 ，她是一提此事就别转身。

弄得我叫天天不应，叫地地不灵，

只得西望湖州盼你早回门。

转眼等到年三十，

她竟然，不打招呼拿走了户籍证。

不声不响，约了宗良去登记，（甩）

弄得我，四则运算加减乘除全归零。

（白）咳，这还不算，死丫头竟然登记当夜就与宗良同床共

枕了，还弄出了个"坐床喜"，你看天下哪有这样

不要面孔的姑娘？还博士生呐，勿是要把我气死啊？

还有那个老太婆，小的不识，老的昏经，放任他们

未婚先孕，弄得我倒像是偷了人家东西，不敢出门。

说起来老太婆还是烈士家属呐，竟然眼开眼闭不顾廉耻，妇德母德不晓得搁啦啥地方。

君：（白）哼，难得你还知道妇德母德四个字，我看你还是先留点"口德"吧！

（唱）若萍你说话要留分寸，

婚姻大事最终还是凭缘分定。

真所谓，有缘千里来相会，

无缘对面不相认。

回头看看我们俩，

何尝不是当年新派赶潮人。

想当初，你是放着新贵不肯嫁，

偏偏就，看中我这卫校毕业的小医生。

可记得，乞巧节那个雷雨夜，

卫生院，只剩你我值班两个人。

忽然间，惊天动地一声雷，

吓得你，胆战心惊一把将我抱得紧。

于是我，情不自禁给了你一个"公主抱"，

你也是，热炽热烫还了我一串"杏花吻"。

待到八月中秋佳节临，

你竟然，试纸检测呈阳性。

后来你父亲闻讯后，

一张状纸将我告上县法庭。

幸亏你情深义又重，

当庭作证，把一切责任全担承。

法官闻言暗吃惊，

立马宣布就休庭。

他说自由恋爱法无禁，

两相情愿正大又光明。

谁知你父亲余怒难平息，

要把你，逐出家门，从此斩断父女情。

幸亏你母亲心地好，

好说歹说，平息风波把我女婿认。

现在轮到下一代，（甩）

你怎能，回放历史"老视频"。

玉贞是你亲生养，

谈婚论嫁，岂能不顾她肯不肯。

回头再把宗良看，

他是杏林世家，继往开来的好医生。

中医药大学的高才生，

毕业后，5年亲诊就当主任。

如今誉满东海市，
是伲浦光医院的梁柱人。
这一次，带队抗疫到武汉，
救活了，重症病例几百人。
这样的杏林骄子你不称心，（甩）
我问你，到底想攀什么亲？

金：（唱）不是我称心不称心，
只是我，同怀天下父母心。
放眼当前谈婚嫁，
请问你，哪家不是拜金拜银拜门庭。
独生子女一张牌，（甩）
万一出错，便是台面台底都输干净。
再说伲，玉贞戴的博士帽，
高低相差奵几层。
乔洋留学美利坚，
又是外企经理人。
年薪美金几百万，
优劣一比就分明。
有道是，不信但看筵中酒，
杯杯先敬有钱人。

更何况，这杏林苑里左邻右舍上千家，（甩）

烟亲男女，你看几家是单亲？

君：（白）（轻蔑地）哼，单亲，单亲，单亲又傺怎啦？单亲

有罪了？你啊——

（唱）我问你，沈家单亲是谁造成？（乐器低吟）（甩）

就是我，号称教授，却是贪生怕死的软骨人。

（乐声骤起，若萍震惊）

金：（白）什么，什么？你在说什么？（警惕地环视四周，并

把半开的门合上）你是发高烧了，还是神经出毛病

了？谁不知道，那是因为老院长的牺牲，傺怎跟你

搭上架了？

君：（白）我既没发烧，也不是神经出了毛病。这事瞒了大家

17年，可是我也被道德和良心折磨了十多年。你

知道，那次去北京支援抗击非典，本应该由我这个

业务院长带队上京的，就因为……

金：（白）（神情冷冰冰地）就因为你突然损腰，就因为老院

长邀功心切，趁此机会代替了你，要不，他也不会

牺牲。

君：（白）对吗？就这么简单？

金：（白）对啊，就这么简单！这叫阴差阳错，如果你去了北

京，一定会是另一种结果。（忽然醒悟似的）哦，莫不是因为你不去，就成了老院长魂断京城的直接原因了？这是什么逻辑？（玉贞手拎一袋食品上）

（发现父母似在争吵，便在门外稍停）

君：（白）我就这么低智商吗？我告诉你，那一次损腰是我假装的。（话音刚住，门外突然炸响一声春雷。玉贞受惊，条件反射 撞开了家门，急急躲了进去）是我贪生怕死，临阵退却！

金、玉：（白）（若萍和玉贞闻言，皆大惊失色）啊——

（若萍倒退两步、跌进沙发）

金：（白）就算你是假装损腰，没去北京，也不能说是造成沈家单亲的原因了吧！

君：（白）当然，这不是造成老院长牺牲的直接原因。可是，那天如果是我带队去了北京，沈院长还会牺牲吗？再说，要是再来一个阴差阳错，这个单亲家庭恐怕得轮到我们杨家了吧！

金：（白）触什么霉头！去湖州、蹲了三个月，撞上鬼了？哦，莫非因为你不去，就成了老院长牺牲的直接原因了？这是什么逻辑？你就这么想当英雄？岂有此理！

君：（白）这不是想不想当英雄的问题，我告诉你，要是在战

争环境中，像我这种行为，那是标标准准的怯战，是临阵脱逃，那是要被枪毙的！（玉贞听不懂父母争吵的内容，便插问）

玉：（白）爸爸，你们这是在说些什么啊？什么枪毙不枪毙的？

君：（白）哦，我与你妈妈是在讨论你与宗良的婚姻大事，你还是先把这些生的、熟的都拿到厨房间，回头到书房待一会。（玉贞顺从地应声）

玉：（白）噢！（想走，又不放心，回头轻声对君）爸，有话好好说，妈妈她是说话难听心不坏！（君回头笑笑，拍了拍玉贞的肩）

君：（白）（点点头）爸爸知道！（玉贞走向右侧内室）（君转向若萍）若萍啊，我们对沈家欠的是一笔良心债啊——

金：（白）可是多过去17年了，你不说，还有谁知道啊！

君：（白）"万事劝人休隐瞒，举头三尺有神明"。能瞒过头上的神明吗？我是中医药大学的客座教授，也是一名共产党员，但也是一个自然人。因此，在认识模糊时，不知不觉，也会犯些错误。但如果认识到了，还是知错不改，那就是将错就错，就谈不上"对党忠诚"四个字了。

金：（白）人非圣贤，孰能无过，都17年了，这事也该翻篇了。

君：（白）这事翻不过去。因为我们欠的是良心债，还得用良心来还。否则，一定会三观变质，人品降级。刚才，我乘玉贞的小车回来，一路上，她说这些日子你对她讽言讽语，喋喋不休，甚至几次要她去妇产科中止妊娠（若萍闻言，猛地转身，想要分辩，君扬手止住），还有，宗良他支援武汉抗疫，回来后，因彻夜不眠，劳累过度，引发急性心梗，并发双下肢麻痹，不能动弹，到今天已是第五天了，可是你身为长辈，不仅不去探望，居然还想……哼，这倒是真正的岂有此理！（若萍再次争辩）

金：（白）现在是全民防控时间，医院也是层层把控，能随便进去吗？

君：（白）随便进去，当然不可以。但你是伲浦光医院的退休职工，只要做好自身防护，做好核酸码，会进不去吗？好，就算你这条理由成立，可我们两家都住在这"杏林苑"同一个别墅小区，去探望一下宗良他妈妈，总不会有啥问题吧！俗话说："丈母娘看女婿，越看越喜欢，"你倒好，像上了全身麻醉，什么反应都没有。你不想想，荒唐不荒唐？

金：（白）这叫荒唐吗？要是他一辈子站不起来，就忍心让玉
　　　贞一辈子推着轮椅伺候他？再说，中止妊娠也是以
　　　防万一，如果宗良康复了，不是可以再生吗？

君：（白）胡搅蛮缠，越说越不像话！说来说去总嫌得宗良是
　　　个本科生，不配做你的女婿！

金：（白）这不是明摆着的事吗？别的不说，单说你是我们东
　　　海市卫健委的专家组成员，十几年来在国内外权威
　　　医药杂志发表过不少中医药论文，还屡获大奖，什
　　　么"希波克拉底奖""孙思邈奖""华佗奖""扁
　　　鹊奖"，更是终身享受国务院津贴的中医药大学客
　　　座教授，可他们家是什么……

君：（白）好了，好了！这一切只不过是虚无缥缈，像海市蜃
　　　楼一样的虚幻景象　，真正的风景在沈家。要是老院
　　　长牺牲之前不留下那本长达 500 页的"百姓医经"，
　　　就不会有我们眼前这五彩斑斓的一切。

金：（白）你说什么？"百姓医经"？我没听到过！

君：（白）哼，一个整天想着梳妆打扮、时尚穿戴的半老徐娘，
　　　除了向我要钱，还会想到别的事吗？你知道这一项
　　　项为数可观的奖金从哪里来的吗？知道老院长牺牲
　　　后，宗良母子一路走来有多艰难吗？你知道宗良本

科毕业后，不再考硕研、博研的原因吗？

金：（白）嗯，问得好！三个问号，铿锵有力，还有吗？

君：（白）还有！宗良他妈妈中年守寡，但至今孤儿寡母，饮食起居都要孤蓬自振。你知道这其中的滋味吗？告诉你三个字："苦酸辣！"这还不算，那几年，为了坚持让宗良上完大学，她利用节假日，卖过烘山芋，卖过茶叶蛋。含辛茹苦成就了"三代中医世家"。

金：（白）（故意讽刺）不错啊！这两样东西，我也喜欢！

君：（白）你！（欲怒又止）好好好，我再告诉你，宗良他妈妈退休前是个十分优秀的老护士长，她是全国三八红旗手，这样的门庭，还配不上我们杨家吗？这一次，她儿子援鄂回来后，又利用隔离观察的机会，整理治疗重症病人时随机记录的医案，终于因劳累过度而遭此不测，面对这种情况，王冬梅她丝毫没有失望，仍然表现得十分坚强，表示要与儿子共同面对。这种高尚的情怀……

金：（白）好，停止，停止！（边说边做暂停手势）我倷恁听来听去，听出弦外音来了，莫非你是对那个王冬梅有什么感觉了吧！哦，对了，三十年前追过她，旧情难忘啊！

君：（白）（听到若萍话里有话勃然大怒）你说什么？卑鄙！

　　无耻！（看到茶几上几个一次性纸杯，便跨前两步，

　　一个横扫把它们全将了下去，并愤然不可自制，然

　　后转身从衣架上除下风衣，边穿边出门。正遇闪电

　　中又一次打雷，却还是一头冲进雨中。玉贞在书房

　　中闻声出来，见父亲披衣出门，便也不顾一切地冲

　　了出去，在风雨中把他挡住。金在门口看着。）

玉：（白）爸爸，爸爸！风雨这么大，你要去哪里啊（回头对

　　站在门口的金）妈妈，你少说两句好吗？爸爸已经

　　三个月没有回家，现在刚回来，你就不能忍一忍吗？

　　（把父亲扶回客厅，帮父亲脱去淋湿的风衣，顺手

　　拽过沙发上的毛巾，为杨君吾擦去雨水。）

金：（白）怎么啦？是我打他了，还是骂他了？白天不做心虚

　　事，半夜敲门不惊心，什么腔调？！

君：（白）（闻言又从沙发上跃起，手指着若萍，玉贞再次挡住，

　　就在此时，玉贞手机响了，她一手按住父亲，一手

　　接听电话）请问是哪位？对，我是杨玉贞。什么？（环

　　顾左右后，走向台前，并压低声音）你是海关边检

　　人员？（话声转为幕后）

幕后声：（白）是的，我们刚刚从飞往香港的航班候机楼，查

到一名叫乔洋的乘客，在他的行李中，检查到电脑
光盘一张，据当事人说，是从一位叫金若萍的亲戚
送给他的。这个光盘，虽然打不开，但我们估计也
许涉嫌国家机密，还需进一步调查核实。不过我得
先告诉你，这个乔洋是在我们海关有过记录的外企
商人。为此，希望你和你母亲从现在起，必须在原
地等候，协助调查。我们现在正在赶往你家，如果
你们离开，以后有什么闪失，后果自负。（玉贞闻讯，
不禁脸色大变，便追问一句）

玉：（白）这跟我母亲有什么关系？喂，喂，——（对方已
　　　关机，玉贞更加心慌，猛然想起什么，便急忙
　　　重回书房，不多时又重回舞台，面对金）妈妈，
　　　谁进我书房了？

金：（白）怎么啦，人家参观一下么，哦，人家还夸你是个女
　　　才子呐，有啥不对吗？

玉：（白）哎呀，你怎么这么糊涂啊！

金：（白）出什么事了？

玉：（白）出大事了，人家海关边检的人来电话了！

君：（白）什么？海关边检来电话了？这下出大事了！

玉：（白）（玉贞点点头不回答，转向若萍）我电脑里存放的

光盘不见了！上午我出去上班时还在，可现在不见了！那个乔洋对海关说是你给他的。

金：（白）什么，什么，是我送给他的？你在瞎说点啥呀！我对电脑一窍不通，怎么弄到我头上来了？

玉：（白）不是我在瞎说，是那个"绿卡"，自己对边检人员说的！现在他们正在赶来，要调查这件事。

君：（白）坏了，坏了，你被搭进去了！（手指若萍）你呀！我看你真是自找麻烦自讨苦吃！这个乔洋，不简单啊！现在全世界都在爆发疫情，所以，全世界的制药公司都在研制新药，这个乔洋是外国药企的金领，敏感度很不一般，他对玉贞他们的新药配方，肯定已经嗅到了气味。还有你那个闺蜜，看来也不是什么好东西。他们母子俩要与玉贞谈婚论嫁是假，搞商业竞争是真。这回他肯定是盯上玉贞的药物研究资料了。（拾起地上那张银行卡，扬了扬）

（继白）这卡啊，说不定还是麻醉剂呐！（又将外汇卡丢下地）

金：（白）（有点觉悟）啊？！怎么会是这样啊！不可能啊！

君：（白）怎么不会是这样啊？怎么不可能啊！境外制药公司对这种先进的中医药技术资料一向眼红，会千方百计搞到手为止。这回呀，你把玉贞害苦了哦！不过玉贞也太麻痹了，（面对玉贞）这种光盘怎么能拿到家里来呢！

金：（白）玉贞（呆呆望着玉贞）妈妈真的害你了？

君：（白）这是违反保密纪律的，轻则检讨，重则处分！严重的还会判刑！

金：（白）啊！（意识到事态严重，心里不免恐慌，在不断后退中跌进沙发）

君：（白）我看你呀，人差不跑，鬼差飞跑，放着好好的安稳日子不要过，偏偏要把一家人弄得吓人蘁怪，心惊肉跳。玉贞啊，现在网络技术十分先进，乔洋这种人身边必定有笔记本电脑，说不定早已被他发往国外了。

玉：（白）爸爸，不会的，这光盘有自动抗拒设置，没有密码发不出去。你也别想得太严重了。现在是防控疫情的关键阶段，为了减少防疫期间的经济损失，各单位都改为线上上班，坚持工作，我们药研所也有这个规定，我就把这光盘带回了家，但我们所有的资料都是加锁的。

君：（白）这小子鬼得很呢？刚拿到手，便急着带出国境。真得谢谢海关边检，要不，咳！

金：（白）怎么会这样呢？这种事估计我那闺蜜还不一定知
　　　道呢？

君：（白）别把外人想得多好，有多少人能在金钱面前挺得住
　　　腰杆子的？

玉：（白）爸，在未曾查清楚之前，也不要怀疑一切，等会，
　　　我会向海关说清楚的！不过，这个乔洋，动机肯定
　　　是不纯的。

君：（白）唉，本来风平浪静一家人，加上欢欢喜喜的大喜事，
　　　偏要弄个不安宁。玉贞和宗良明明是

　　（唱）黄岐党参好搭配，

　　　　　你偏要在香樟树旁边种臭椿。（又从地上拾起
　　　　　外汇卡）

　　　　　一张 5 万美金的外汇卡，（甩）

　　　　　竟让你蒙头转向东南西北分不清。（双手扶腰
　　　　　踱步，由于气愤，连续咳嗽起来）

玉：　　（唱）爸爸你不要太气愤，

　　　　　妈妈她，内心也是爱玉贞。

　　　　　都说世上只有妈妈好，

　　　　　十月怀胎，廿年培育我难忘恩。

　　　　　这一次，我和宗良去登记，

131

赌气未曾告娘亲。

惹得她怒火往上升，

惹得她，心气不平乱方寸。（转向若萍）

妈妈啊，玉贞我现在心如焚，

悔不该，不顾妈妈当初一片慈母心。

论法律，婚姻无疑该自主，

但是父母心声，至少也该听一听。

眼前只见叛逆男女忘爹娘，

哪曾见，慈祥双亲横眉怒目害亲生。

纵然我心中有主张，

也应该，和风细雨告双亲。

妈妈啊，我知道你心里想的是招女婿，

一心把，杨家香火来继承。

但须知，独生子女无论谁进谁家门，

双方长辈，晚年护养，任凭哪方都有责任。

我爸也是宗良爸，

我妈也是他母亲。

一年四季常来往，

有说有笑过光阴。

宗良妈妈说得好，

那怕后代子女都姓杨。

也逃不了，杨沈两家共基因，

我们都是杏林人。

杏林花开一苑春，

到底姓沈还是杨。

不妨让，儿孙们长大自选定。

古往今来，哪个姓氏代代都出好子孙，

又有哪个门庭个个都是不肖人？

现在国家提倡多生育，

二胎政策受欢迎。

再说中华民族，是现代文明大家庭，

姓甚名谁，无非为办张身份证。

君：（白）（双手鼓掌）宗良妈妈说得好啊，相比之下，我们不如啊！

玉：（白）（见金无所表示）妈妈，你原谅我把！（说着，跪对母亲，以泪洗面）（若萍此时浑身燥热，看看痛苦的女儿，不禁一阵心酸，两眼湿润，一声长呼）

金：（白）玉贞——我的好女儿！（禁不住也跪了下去，抱住玉贞）妈妈害苦你了！还是你原谅我把！（玉贞闻言，一声哀叫）

玉：（白）妈——妈——（稍停，玉贞醒悟）妈妈，现在不是
讨论谁原谅谁的时候，海关的人，忠于职守，冒雨
夜奔，估计马上就会到家，你要尽快镇静下来，想
一想与乔洋认识三个月来的详细经过，把所有情况
实事求是说清楚，不要忘了把那张银行卡也交给他
们！怎么处理，让他们来决定！

金：（白）（点点头）嗯，妈妈知道了！玉贞，你会有什么事吗？

玉：（白）大事不会有，小事却难免。这种新药的机密，一旦
真被盗走，一定会使国家在政治和经济上遭受重大
损失。这次，是因为我保密观念不强，没把光盘取
下来收藏好！所以，我会诚恳地检讨，并接受来自
上级的任何训诫和处分。

金：（白）妈妈害了你了！（用半拳槌打额头）

君：（白）哦，这样好，吃一堑长一智么！搞科研的，都应该
有这份警惕心。科学无界，科研人员必须忠于自己
的国家。

玉：（白）妈妈你不要太着急，这个光盘是经过加密处理的，
里面所用的药材名称，用的也都是代号，别人看不懂。
好了，我们现在不说这个了，刚才我和爸爸在钟院
长那里讨论了为宗良治疗双下肢麻痹的措施和方案，

最后决定用猛药救他。后来，爸爸让我带他去看了宗良，宗良很开心，他对爸爸说，为了中医药事业的发展，为广大患者带去福音，他要以古代神农尝百草的精神，以身试药。接下去，爸爸还要为他针灸推拿，霍罐拔湿，可能需要两周时间。不过虽然钟院长和中西医专家们研究的措施，十分周密，但这风平浪静的深处，毕竟还有意料之外的暗流，重药拔毒还是有风险的，妈妈，你想不想去陪伴他几天？（金不语）

君：（白）我看你应该去看看他了！（金还是没表示）

玉：（白）妈妈，重药拔毒会发生剧烈的药物反应，这时候，亲人的关怀会给他带来巨大的精神力量和心理兴奋。（金忽然明白，点了点头）这也是中医药典所说的气血调和呀！

金：（白）去，我去，我去！

君：（白）（看着若萍，摇了摇头）唉——不撞南墙不回头啊！早知今日，何必当初！好皮肤上生疮，不值啊！

玉：（白）爸爸（使个眼色）你就少说两句把！今天你从湖州赶回医院，也够累了，还是先去厨房，挑一些你爱吃的熟食先把晚餐用了，然后洗个澡就休息吧，海关调查的事，你就回避吧！放心，今夜不会有事！

君：（白）好吧！那我这就去厨房了！（君吾下）（舞台灯，

随之熄灭）

——幕下——

第八场：婚典还经

时间：离前场一月后，一个阳光明媚的上午九时。

地点：杏林苑小区内，天使亭前的小广场。

人物：沈宗良、杨玉贞、钟士豪、王冬梅、金若萍、田小婉，
　　　以及她从北京远道而来贺喜的母亲宋女士，婚礼来宾若
　　　干人，有医院医生、护士，有杏林苑左邻右舍。

台景：天幕上，App 画面正中为天使亭正视图，亭后虚景为由近
　　　及远的景色，即别墅群疏影和成片杏林，也有桃柳相间
　　　护岸的小河。高处一枝横伸的特写镜头是挂满早熟杏果
　　　的杏枝随风摇曳，果香飘忽，人们心旷神怡。
　　　天幕外侧是一条左右相通的演员进出场通道，旁边是统
　　　长栏杆，中间开口为进入舞台的意象门口。上方可用各
　　　种方法悬挂条形横幅，上书"授奖仪式暨结婚庆典"九
　　　个大字。
　　　天使亭前的广场上，靠亭子前方，按一张铺有红布的四

座长桌，桌前桌后，朝观众方向，设几张轻便坐椅。

（上述布景如遇巡回演出，可简化为长桌、坐椅就够。）

幕启时幕后唱：

> 不测风云发心梗，
>
> 沈宗良，双腿麻痹难下床。
>
> 未料烈士留遗方，
>
> 药到病除救儿郎。（受邀来宾鱼贯入场）
>
> 中华医药显神威，
>
> 浦光医院美名扬。
>
> 今日杏林春满时，
>
> 喜看新人入洞房。

（乐声中，钟院长携杨君吾与另外三位专家入场，并依次就座，然后来到杨君吾面前深鞠一躬，并握住杨的手）

钟：（白）杨教授，感谢你妙手回春，（又转身向其余专家）也感谢西医科专家们，是你们让宗良医生重新站了起来。把他完好无损地交给了他17年孤苦相伴的母亲。也让我放下了一副千斤重担。

君：（白）钟院长，你可不能这样说啊，我也是沾了老院长《百姓医经》的光啊！

钟：（白）杨教授，中华医药和西医西药是在团结协作中相互完善、相互发展的。两千多年过去了，发展到今天，我们中医郎中已不是过去的游医了。这个崭新的时代，还会为我们中医中药向现代化发展，提供更多的能量，让我们每一位郎中先生，都能放开手脚，创造超越古人的业绩。（众人鼓掌）

君：（白）钟院长，你说得真好！你放心，（指了下周围专家）我们都会在你的带领下，为中医中药的进一步发扬光大、竭尽毕生之力。

钟：（白）（来到田小婉和她特地从北京赶来参加宗良婚典的母亲身边）田护士啊，谢谢你，沈宗良医生的康复，你居功至伟啊！

田：（白）哎呀！钟院长，你怎么这样说啊！我是一个小护士，"居功至伟"四个字，我怎么担当得起啊？

钟：（白）小田啊，先告诉你一个喜讯，你在援鄂前线提交的入党申请报告，已由东海市卫健委党委批准，从今天起，你已是中国共产党的建党对象，希望继续努力，争取在一年后，成为光荣的预备党员。

田：（白）哎呀，这是真的吗？（乐得跃起鼓掌）

钟：（白）是真的！还有，我们浦光医院人事科，已全票通过，接收你为浦光中医医院的正式职工。

田：（白）（闻言欢跳走向母亲）太好了！妈妈，我可以以实

　　　际行动还报东海市医生对我们一家的救命之恩了！

田母：（白）嗯，好好干！（钟闻言奇怪）（指田母）

钟：（白）她是你妈妈？嗯，像，像极了！（转向田）你妈妈是？

田：（白）我妈妈是5天前带着我弟弟来到东海市的，借住在

　　　民宿里，一边想游览一下迪士尼乐园，一边是探望

　　　宗良医生和他妈妈的。昨天，妈妈还在宗良妈妈的

　　　陪同下祭拜了老院长的陵墓。当她知道宗良医生今

　　　天举行结婚典礼，就决定参加完婚典再回去！

钟：（白）哦，太好了！（转身对大众）各位来宾，这位女士

　　　是我们医院高级护士小田的母亲，也是17年前老院

　　　长救治好的母子非典感染重症患者，今天特地前来

　　　参加宗良医生的结婚庆典，大家欢迎！（掌声中，

　　　几位来宾自觉围拢过来，亲切与她握手）

众来宾：（白）田妈妈好！田妈妈，东海市欢迎你！浦光医院

　　　　欢迎你！

田母：（白）大家好，大家好！感谢浦光医院17年前的救命之

　　　恩！（忽然眼圈一红，泣不成声）（稍微镇静后）

　　　没有沈医生当年冒险相救，我这个农村妇女，早

已不在人世了。（说罢泪如雨下，钟上前安慰）

钟：（白）田妈妈，今天是老院长的儿子沈宗良康复出院的日
　　　　子，也是沈医生与杨博士的结婚庆典，田妈妈我们
　　　　与他们俩同喜同乐吧！

田母：（白）（闻言止泣）哦，我失态了，对不起啊！（走向
　　　　梅与她拥抱，以表谢意。钟走向主席台主持仪式）

钟：（白）各位来宾，各位领导，今天这个仪式按照疫情防控
　　　　要求，特地选在这空气新鲜、阳光明媚的"天使亭"
　　　　小广场举行，请大家带好口罩，间隔一米站立。
　　　　现在正式开始：首先，线上宣读东海市卫健委发
　　　　来的邮件。

视频发声：（白）"东海市浦光中医医院综合科主任医生沈宗
　　　　良同志在援鄂抗疫期间表现突出，亲诊治愈重症病
　　　　人300余例，并将这些案例整理汇编成册，现在，
　　　　这些案例，已正式录入市卫健委大数据中心，对后
　　　　续防控疫情具有很好的指导作用，特授予'孙思邈'
　　　　奖章一枚，奖金十万元，现公告周知。"

钟：（白）现在请沈宗良同志上台领奖！（钟话毕，杨玉贞推
　　　　着沈宗良坐着的轮椅在乐声中出场，行至台中，沈
　　　　宗良忽地从轮椅中站起，并缓缓走出轮椅向现场来

宾招手，又在现场来宾热烈鼓掌中走向主席台向台
上专家 鞠躬致意，钟迎上前去，助手打开礼盒，钟
取出奖章，郑重地为沈宗良佩戴。全场再次热烈鼓掌。
接着转入第二项议程。）

钟：（接白）各位领导，各位来宾，本院前任老院长沈之方同志，
17 年前亲自带队支援北京抗击"非典"，而后光荣
捐躯，留下珍贵的《百姓医经》手稿一本。后经过
本院专家杨君吾教授亲自一一加以验证，证明这部
医经具有极大的现代中医学临床应用价值，是中华
医药薪火相传的重要文献。本院决定予以正式出版。
鉴于《百姓医经》原稿是老院长的遗物，应由其子
沈宗良医生继承。现在，由杨教授亲手交给沈医生。

（话毕，杨教授从台上小木盒内取出医经并双手托
起向来宾展示，后又放回盒中，并手捧医经缓步走
向沈宗良，沈接过用红色绸带系着的医经，鞠躬致谢。
然后，宗良又捧着书稿走向王冬梅。王冬梅接过医经，
颤抖着双手，眼前像见到先人形象，便声嘶力竭大
呼一声）

梅：（白）之——方——（接着摇摇晃晃，宗良托住母亲双臂，
玉贞见状也抢前一步扶住冬梅，然后将她扶进宗良

的轮椅）

幕后女声配唱：一声悲呼天地晃，

　　　　　　　王冬梅，睹物思夫痛断肠。

　　　　　　　曾经她，晨昏孤灯寒夜守，

　　　　　　　母子俩，相濡以沫度时光。

　　　　　　　17年来，好不容易守得今宵春晓日，

　　　　　　　教她如何不悲伤。

良：（白）姆妈——（呼唤声中，宗良扶着轮椅想下跪，玉贞
　　　抢过钢椅，扶良坐下）

　　　　　姆妈你千万莫悲伤，

　　　　　爹爹是，医者仁心好榜样。

　　　　　我见过他，秋分到外省采草药，

　　　　　我见过他，冬至日义务为民煮膏方。

　　　　　我见过他，冒着风雨去出诊，

　　　　　我见过他，周日义务去随访。

　　　　　我见过他，几次三番把药草尝，

　　　　　我见过他，为穷苦病人捐钱粮。

　　　　　爹爹看诊日夜忙，

　　　　　你是他身后依靠的墙。

　　　　　夫唱妇随无怨言，

形影不离在他身旁。

这大贤大惠天下少，（甩）

宗良我，定要效法母仪接过悬壶把世民襄。

姆妈啊，你为我年轻守寡到今日，

哪一天，不是含辛茹苦宵衣旰食为宗良。

高中毕业我考入中医大，

报到时，你抢着帮我背行囊。

只见你，像春风拂面脚步轻，

有说有笑，挽着我手臂进学堂。

曾记得，我每逢假日回家门，

常闻鱼肉荤腥满屋香。

但是隔壁阿姨告诉我，

说你平时，常吃青菜萝卜加清汤。（若萍听此动容）

那时我，已是长长大大男儿郎，

你还要来校帮我汰衣裳。

临走还留下，风油精和薄荷糖，

让我提神醒脑，把医经药典读周详。

姆妈呀，慈母之恩道不尽，（甩）

宗良我，点点滴滴记心房。

　　　　如今宗良已成长，

　　　　报国之余，定会孝敬你好亲娘。

　　　　望姆妈，从此走出阴影沐春光，（甩）

　　　　爹爹他，在天之灵也心舒畅。

玉：（白）姆妈，你一定要节哀止悲，宗良见不得侬姆妈悲伤
　　　流泪。他还刚刚康复出院，身体还很虚弱，需要巩
　　　固调养。

梅：（白）（频频点头，急忙拭干眼泪）对、对、对！玉贞，
　　　侬说得不错，姆妈不再流泪。（说罢，哆哆嗦嗦从
　　　衣襟里掏出一叠欠条）玉贞啊，这是宗良他爹牺牲
　　　前留下的遗物，是他30年为医期间节假日、看急诊、
　　　夜诊，为穷苦病人垫付的医药费。宗良他爹说过8
　　　个字："病家不还，我们不讨"，所以一直保留到
　　　了今天。现在不需要了，这其中一共为83位病人，
　　　垫付了38000多元欠费，我们家也不收了。现在，
　　　你代我交给钟院长，让他当着大家面把它们都烧了
　　　吧！（玉贞顺从地接过欠条，但没烧，转而将欠条
　　　递给钟院长）

玉：（白）钟院长——（递过欠条）

钟：（白）（接过欠条）杨博士，这个不能烧。老护士长的话，

我们大家已经听到了（转身对众）各位来宾，（手
捧欠条）我们中医有个典故叫，作"杏林春暖，橘
井生香"。说的就是中医郎中行善的故事。今天，
老院长不仅为我们留下了"百姓医经"，还留下了
这一叠无价之宝。我们将全部交给东海市中医药博
物馆，永久保存。同时在这里，我想征求大家的意见，
这38000元欠款，将由我们浦光中医医院代替偿还，
大家看好不好？（热烈中，玉、良两人分别从左右
入内换装）

众：（白）好！好！好！（热烈鼓掌）（金若萍此时，两眼闪
着泪花，从人群中走出，走向冬梅深深鞠了个躬并
拥抱冬梅。她用行动，对自己以前的行为做了深深
地忏悔。）

（忽然间，两盏大红灯笼和一大串粉色气球垂下，钟再次司仪）

钟：（白）各位领导，各位来宾，下面进入会议第三个议程。
新郎沈宗良，新娘杨玉贞相爱5年多，除夕那天，
已到民政局登记结婚。由于疫情突发，新郎带队援
鄂，原定要在元宵节举办的婚礼，不得不向后推迟，
现在疫情缓解，医院党委决定为这两位本院职工举
办简易婚礼，分发喜糖，现在请两位新人 换装入席！

（乐队奏起欢乐颂乐曲。在场来宾，三五结对，分列两旁。稍顿，两新人容光焕发，婚装入席。全场人员鼓掌迎新）

（接白）请双方父母入座高堂！（乐曲继续，转奏江南丝竹古典民乐"行街"）（君、萍、梅三人分别就座左右）

（新郎从左侧走向右侧，然后牵住新娘手中的红绸绣球，在伴郎伴娘的簇拥下入场，在两家父母前站住）

钟：（司仪）一拜天地！（新人面朝前台观众鞠躬）

二拜高堂！（新人双双先拜玉贞父母，再拜宗良母亲，鞠躬）

夫妻对拜！（新人相对站立鞠躬）

现在请全场来宾共同见证他俩的婚礼，祝新郎新娘百年好合，永结同心，早生贵子。请热烈鼓掌！（奏乐）（幕后同时传来录音鞭炮声，两位男女孩童向新人喷撒电子彩屑）（分发，并将剩余糖果，尽数撒向观众。）

（白）各位领导，各位朋友，各位邻舍，请新郎新娘将两家长辈接回新郎家中，共享阖家欢乐！（台上灯光渐暗）

幕后女声齐唱：桃红柳绿百花丛，

杏花疏影幽香送。

芸芸众生故事多，

杏林苑里龙镶凤。

山重水复凭春风,

千帆过尽自从容。

今春唱罢杏林曲,（甩）

更盼新杏代代红。

（舞台灯复明,全体演员谢幕）

（全剧终）

定稿于 2022 年 6 月 18 日

杏林原典

我们中华民族自古以来用"杏林"称颂中医郎中，医家以"杏林中人"为荣，医著以"杏林医案"为藏，医技以"杏林高手"为赞，医德以"杏林春暖"为誉，医道以"杏林养生"为崇，而一家人都是医术高超的医者，则尊称为"杏林之家"。总之，"杏林"已成为中华传统医学界的代称。那么，桃李橘橙，梅竹松槐皆可成林，为何独取"杏林"之说？再则这杏林之说究竟源自何处呢？抑或又与谁有关呢？

话说东汉三国时期，有个叫董奉的神医游医天下，在途经钟离（今安徽省凤阳县）时，看到当地人民由于三国争战而贫病交加，苦不堪言，便在凤凰山以南六十里的一个小山坡上居住下来。尔后，根据当地的地理位置、气候条件，把江南钟植知识传播给钟离农民，并鼓励他们种植成熟期从早熟到晚熟长达三四个月的杏子树，以救荒致富。可惜的是很多人对这位"悬壶济世"的游医郎中董奉，以及他提倡的"种杏致富"的建议疑惑不解，迟迟不见实行。于是，董奉制定了一个奇特的规章：看病不收费用，但重病者痊愈后，要在他居住的山坡上种植杏树五棵，轻病者种一棵，以代医资。

由于他医术高明，医德高尚，远近患者纷纷前来求治，并一一被他治愈。这样历经数年后，竟有数万株杏树布满山坡，便成了杏林。更可喜的是，由于这山坡长久以来无人耕种，山土肥沃，这些杏树生长旺盛，早晚品种由先而后依次开花结果，结出的杏子硕大香甜。于是，董奉又出通告，从此日起，前来购买杏子者，不用付银子，只须带着谷子，自己入林采摘，一斤杏子一斤谷。之后，他把换来的谷子救济周边贫病交加的民众。于是，每年常有数以万计的人，不仅得到董奉的救治，还获得了借以充饥的谷粮。据北宋《寰宇记》记载："钟离县杏山，吴时董奉居于此，为人治病，惟令钟杏五株，数年，杏至万株。"《凤阳县志》也如此记载："杏山在府治南六十里，吴时董奉，离开钟离，来到庐山定居，才数年，在他的住处，又种植了十多万株杏树，所以在庐山也有杏林遗迹，但最早的杏林在凤阳。"

董奉在凤阳旅居数年，义诊行医，济世救人，并把他"养生祛疾"的知识留在了凤阳民间。流传的《凤阳门养生祛疾功暨布气点穴法》，即是在董奉传授的"医家、道家养生祛疾术法"的基础上，结合了佛门的"禅密功法"发展起来的。

只可惜明朝灭亡后，清政府为镇压复明势力，对凤阳的统治尤其严厉。由于，当时修炼《凤阳门养生祛疾功暨布气点穴法》者，以明初开国将领的后人及僧侣为多，因此，难以避免地受到了政治影响，从此只能秘密修习。俟到清末，几乎佚传。部分凤阳人准备逃往台湾，但在沿途潮汕地区，把这个独特的医学体系，传承到了今天。